おじいちゃんの大脱走

デイヴィッド・ウォリアムズ 作
三辺律子 訳
平澤朋子 絵

小学館

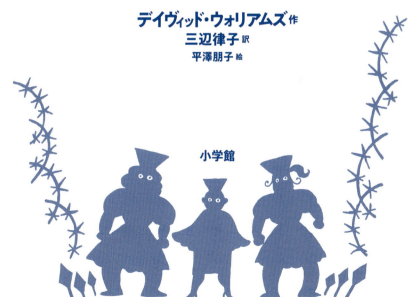

おじいちゃんの
大脱走

もくじ

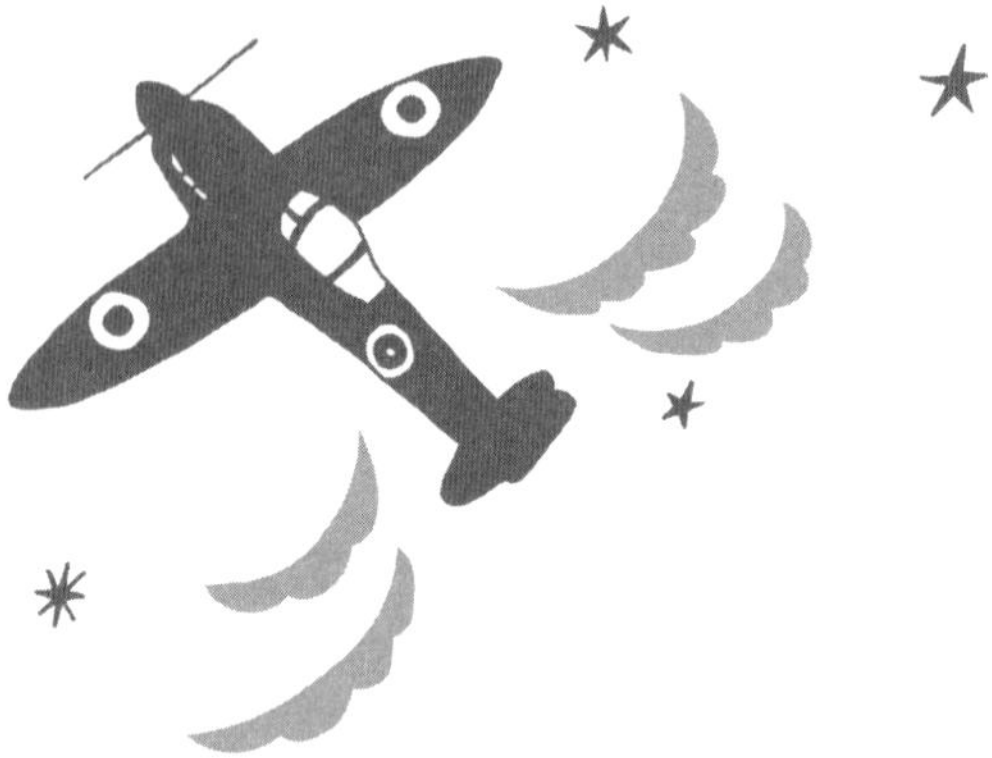

第1部 空を求めて

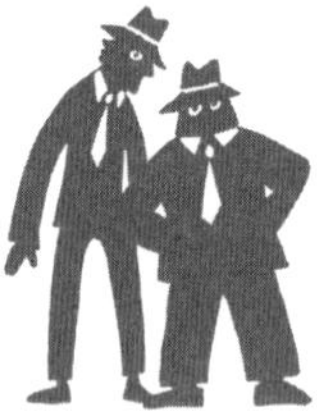

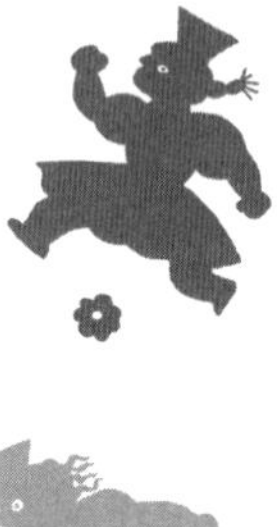

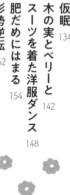

第2部 生きるか死ぬか

第3部 戦闘機、行方不明

第4部 星への道のり

これは、ジャックという男の子と
おじいちゃんのお話だよ。

むかし、おじいちゃんは
イギリス空軍のパイロットだったんだ。

第二次世界大戦のとき、
イギリスの戦闘機《せんとうき》スピットファイアーを
操縦《そうじゅう》していた。

この物語がはじまるのは、1983年。
インターネットとかスマートフォンとか、
何週間もぶっつづけで遊べる
テレビゲームなんかが、なかった時代だ。
1983年には、
おじいちゃんはすでにおじいさんだったけど、
ジャックはまだ十二歳《さい》だった。

こちらがジャックのママとパパだ。
ママのバーバラは、
近所のスーパーマーケットの
チーズ売り場で働いてる。

パパのバリーは、
会計士だ。

ラジは、
新聞販売《はんばい》店の
店長。

マコトーニ先生は、
ジャックの学校の
歴史の先生。

こちらは、老人ホームの入居者の
トライフルさんと

ロンドンの
帝国《ていこく》戦争博物館の
警備《けいび》員。

陸軍少佐《しょうさ》と、

海軍少将。

筋肉《きんにく》もりもりのビーフと
ガリガリのボーンは、
犯罪と戦う刑事《けいじ》二人組。

こちらは、町の教会の
ヨクバリー牧師。

〈たそがれホーム〉の看護師《かんごし》、
ローズ、

デイジー、

そして
ブラッサム。

ミス・ガメツイは、
〈たそがれホーム〉の
院長だ。

そしてこれが、

〈たそがれホーム〉。

老人ホームだ。

（たそがれホーム　のぞまれないお年より、ひきとります）

〈たそがれホーム〉
荒野《こうや》
学校
公園
ジャックの家

これは、町の地図。

プロローグ

あるときから、おじいちゃんはいろんなことを忘れはじめた。最初はちょっとしたことだった。紅茶《こうちゃ》をいれて、飲むのを忘れるとか。そのうち、台所のテーブルには冷めきった紅茶《こうちゃ》のカップがずらりとならぶことになった。お風呂にお湯をはろうとして蛇口《じゃぐち》をしめ忘れ、下の階の部屋を水びたしにしちゃうっていうのもあった。切手を一枚買うというはっきりした目的で家を出たのに、シリアルを十七箱持ってもどってきちゃうことも。しかも、シリアルはぜんぜん好きじゃないのに。

そのうち、もっと大切なことも忘れるようになった。今年は何年か、とか。ずっと前に亡《な》くなった奥《おく》さんのペギーが生きているかどうかも。そしてとうとう自分の息子のこともわからなくなってしまった。

なかでも、いちばんびっくりしたのは、自分は年金をもらっているおじいさんだって、忘れてしまったことだ。前はよく、孫のジャックに、第二次世界大戦のあいだイギリス空軍にいたころのいさましいエピソードを話してきかせていた。ところが、そのうちおじいちゃんにとって、そちらのほうが現実みたいになってきた。それどころか、ただ話すだけじゃなくて、実際に行動にうつしはじめたのだ。現在は古ぼけた白黒写真のように色あせ、代わりに過去が色あざやかに輝《かがや》きはじめた。どこにいようと、なにをしていようと、だれといようと、関係ない。頭の中では、おじいちゃんは今も、スピットファイアー機のコクピットにいる威勢《いせい》のいい若きパイロットなのだ。

おじいちゃんのまわりにいる人たちは、それがなかなか理解できなかった。

でも、ひとりだけは別だ。

孫のジャックだけは。

子どもはみんなそうだけど、ジャックも遊ぶのが大好きだから、ジャックの目には、おじいちゃんは遊んでいるように見えた。

だから、いっしょに遊べばいいだけだって、ちゃんとわかったんだ。

第1部
空を求めて

1 スパム・ア・ラ・カスタード

ジャックは、自分の部屋でひとりでいるときがいちばん楽しかった。もともと内気なので、あまり友だちはいない。だから、学校の友だちと公園でサッカーをする代わりに、うちで宝物《たからもの》の飛行機の模型《もけい》を組み立てていた。お気に入りは、第二次世界大戦の軍用機だ。ランカスター爆撃機《ばくげきき》に、ハリケーン戦闘機《せんとうき》、そしてもちろん、おじいちゃんがむかし乗っていた、今や伝説のスピットファイアー戦闘機《せんとうき》。ドイツ側の軍用機は、ドルニエ爆撃機《ばくげきき》やユンカース爆撃機《ばくげきき》、そして、スピットファイアーの宿敵《しゅくてき》メッサーシュミット戦闘機《せんとうき》を持っている。

戦闘機《せんとうき》に注意ぶかくていねいに色をぬり、つり糸で天井《てんじょう》からつりさげる。空中にぶらさがっている戦闘機《せんとうき》たちは、はげしい大空中戦のまっただ中のように見えた。夜は、ベッドで戦闘機《せんとうき》を見あげながらねむり、かつてのおじいちゃんみたいにイギリス空軍のエース・

パイロットになった夢を見た。

まくら元には、おじいちゃんの写真がかざってある。古い白黒写真の中のおじいちゃんは、若者だ。バトル・オブ・ブリテン【注：イギリス空軍がドイツ空軍をイギリス上空でむかえ撃《う》った一連の防空戦】のさなかの一九四〇年に撮《と》ったもので、空軍の軍服を着てほこらしげに立っていた。

夢の中で、ジャックはおじいちゃんと同じように**「高く、高く、そしてかなたへ」**飛んでいく。おじいちゃんの伝説的なスピットファイアーのコクピットに一瞬《いっしゅん》でも乗れるなら、過去と未来のすべてを差しだしてもいいと、ジャックは思っていた。

夢の世界ではヒーロー。

でも、現実世界ではダメダメ。

そう、問題は、毎日がまったく同じことだった。毎朝、学校へいき、夕方は宿題をして、毎晩テレビの前で夕食をとる。こんなに内気な性格じゃなかったら。もっと友だちがいたら。たいくつな毎日から自由になれれば！

ジャックの一週間のハイライトは、日曜日だった。パパとママがおじいちゃんにジャックをあずける日だ。おじいちゃんが今みたいにいろんなことを忘れるようになる前は、毎回、夢のように楽しいお出かけに連れていってもらった。なかでも二人がいちばん気に入っていたのが、帝国《ていこく》戦争博物館だ。ロンドンにあってそんなに遠くないし、なにしろ、軍事・戦争にかかわるものの宝庫《ほうこ》なのだ。二人は、中央ホールの天井《てんじょう》からつりさげられている古い戦闘機《せんとうき》を、目を輝《かがや》かせてながめた。もちろん、いちばんのお気に入りは伝説のスピットファイアー。スピットファイアーを見ると、おじいちゃんの戦争の記憶《きおく》は一気によみがえる。そうした話を孫にきかせると、孫もひと言もききもらすまいと耳をかたむけた。

帰りは、長い時間バスに乗っているあいだじゅう、おじいちゃんを質問ぜめにした。

「おじいちゃんがスピットファイアーで出した最高速度はどのくらい？」

「スピットファイアーとメッサーシュミットはどっちがすごいの？」

おじいちゃんは、孫の質問に答えるのが大好きだった。帰りのバスの二階で、おじいちゃんはいつのまにか子どもたちにかこまれ、信じられないような体験談を語りきかせた。

「あれは、一九四〇年の夏だった」

と、おじいちゃんは話しはじめる。

「バトル・オブ・ブリテンのさなかでな。ある夜、わたしはスピットファイアーで英仏海《かい》峡《きょう》の上を飛んでいた。仲間の飛行中隊からはぐれてしまってな。わたしの機は、空中戦で大《だい》打《だ》撃《げき》を受けたんだ。なんとかよろよろしながら基地へもどるとちゅうだった。そのとき、まうしろから機《き》関《かん》銃《じゅう》の音がしたんだ。**ダダダダダダダ！**　ドイツのメッサーシュミットだ。わたしの機のすぐうしろにいる。**ダダダダダダダ！**　海の上を飛んでいるのは、わたしと敵《てき》と二機だけ。あの夜は、ものすごい死《し》闘《とう》がくりひろげられた……」

おじいちゃんは、第二次世界大戦の話をするのをなによりも楽しんでいた。ジャックはいつも熱心にききいった。本当にささいなことにいたるまでおじいちゃんの話すことすべてが、ジャックを魅《み》了《りょう》した。そのうち、ジャックは古い戦《せん》闘《とう》機《き》についてはいっぱしの知《ち》識《しき》を持つようになった。おじいちゃんは、「いつか優《ゆう》秀《しゅう》なパイロットになる」と言ってくれた。それをきくと、少年の胸《むね》はほこりでいっぱいになるのだった。

夜になって、テレビで白黒の戦争映画がやっていれば、おじいちゃんのソファでよりそっていっしょに観た。なかでもくりかえし観たのが、『殴《なぐ》り込《こ》み戦闘機隊《せんとうきたい》』だ。第二次世界大戦の前におそろしい事故で両足をなくしたパイロットの物語だった。ダグラス・バーダーは足をなくしたのにもかかわらず、伝説的なエース・パイロットになる。雨の土曜日は、まさに『殴《なぐ》り込《こ》み戦闘機隊《せんとうきたい》』のためにあるような日だった。そうでなければ、『わが一機未帰還《みきかん》』か『大空への道』、『天国への階段』でもいい。ジャックにとっては、これ以上ないというくらいすてきな週末だった。

残念ながら、おじいちゃんのうちの食事は、おそろしいまずさだった。おじいちゃんは、戦争中と同じように「配給」とよび、食べるのは缶《かん》づめのみ。夕食はいつも、食料品が置いてある棚《たな》から適当に二缶《かん》とって、いっしょくたになべに放りこんだものだった。

＊コンビーフとパイナップルのあえもの
＊イワシをまぜこんだあま～いライスプディング
＊糖蜜《とうみつ》のスポンジケーキ、煮豆《にまめ》をそえて

＊豆と缶《かん》づめモモのじっくり煮《に》こみ
＊細かく切ったニンジンを、たっぷりのコンデンスミルクとともに
＊トマトスープ・ソースをたっぷりかけたチョコレートプディング
＊マイワシのぶつぎり入りトマトソース・パスタ
＊牛肉と腎臓《じんぞう》を煮《に》こんだプディングを、さらにフルーツポンチにひたして
＊羊の内臓《ないぞう》と玉ネギミンチ胃袋《ハギス》づめ、シロップづけチェリー風味をきかせて
＊そして、おじいちゃん特製のスパム・ア・ラ・カスタード！

「ア・ラ」みたいにフランス語を使うと、なんとなく高級そうな気がする。でも、あくまでそんな気がするだけだ。実物と名前がぜんぜん合ってない。まあ、ありがたいことに、ジャックは食事をしにきているわけではなかった。

第二次世界大戦は、おじいちゃんの人生でもっとも重要な出来事だった。おじいちゃんみたいな勇敢《ゆうかん》なイギリス空軍のパイロットは、かの有名なバトル・オブ・ブリテンで祖国のために戦ったのだ。ドイツは、「アシカ作戦」というイギリス本土への上陸作戦を計画

していたが、実行へむけて、まず空を自分たちのものにしようとした。そこでイギリス空軍のパイロットが出動して昼も夜もドイツ軍と戦い、命をかけてイギリス国民をドイツの侵略《しんりゃく》から守ったのだ。

なので、ジャックが寝《ね》るときになると、おじいちゃんは本を読む代わりに、戦争中に実際にあった戦いのことを語りきかせた。おじいちゃんの話は、どんな本の物語よりもスリルに満ちていた。

そんな夜はいつも、ジャックはおじいちゃんにせがんだ。

「あともうひとつ、お話しして、おじいちゃん！　お願い！　おじいちゃんがドイツ空軍に撃《う》ち落とされて、英仏海峡《かいきょう》に不時着したときの話がききたい！」

「もうおそいぞ。寝《ね》なさい。明日の朝、その話もほかの話もたっぷりしてやるから」

「でも――」

「夢の中で会おう、少佐《しょうさ》」

おじいちゃんはジャックのおでこにそっとキスをした。「少佐《しょうさ》」は、おじいちゃんが孫につけたニックネームだ。

「空で会おう。『**高く、高く、そしてかなたで**』な」
「**高く、高く、そしてかなたで！**」

ジャックはくりかえし、おじいちゃんの家の寝室《しんしつ》でうとうととねむりに落ちていった。夢では、自分も戦《せん》闘《とう》機《き》のパイロットだ。おじいちゃんとすごすひとときはいつも、これ以上ないというくらい幸せだった。

けれど、すべてが変わろうとしていた。

2 スリッパ

やがて、おじいちゃんは、ますますひんぱんにむかしの栄光の日々にもどってしまうようになった。そんなわけで、この物語がはじまるころには、今は第二次世界大戦中だとすっかり信じこんでいた。もちろん戦争が終わったのは、もう何十年も前だ。

おじいちゃんの頭の中は、ひどくこんがらがってしまった。年とった人にはよく起こることだ。とても大変なことだし、悲しいことに治す方法はない。それどころか、時がたつにつれてどんどん悪くなり、そのうち自分の名前さえ思いだせなくなってしまうことだってありえる。

けれど、悲しいことの中におかしいことも見いだせるのが、人生というものだ。最近では、おじいちゃんのやらかすことのおかげで、笑ってしまうときがある。ガイフォークスの祭日【注：ジェームズ一世の暗殺を防いだ日。花火で祝う】には、近所の人たちが庭で打ち上げ花火をはじめたものだから、すぐさま防空壕《ぼうくうごう》へいこうと言い張った。かと思えば、食べ物は配給制だからと言って、うすべったいミントチョコレートをさらにペンナイフで四つに切り、家族で分けあったこともある。

なによりも忘れられないのは、スーパーマーケットのショッピングカートをランカスター爆撃機《ばくげきき》だと思いこんでしまったことだ。おじいちゃんは極秘《ごくひ》の任務をはたすため、スーパーの通路を猛《もう》スピードでかけぬけ、巨大な小麦袋《ぶくろ》を次々放り投げた。おじいちゃんいわく「爆弾《ばくだん》」は、食品やレジの上で爆発《ばくはつ》し、しまいには、いつもえらそうなスーパーの店長を頭から足の先まで真っ白にしてしまった。

店長は、粉のおばけみたいになった。しかも、お店の清掃《せいそう》作業には、何週間もかかったものだから、おじいちゃんは、一生出入り禁止を言いわたされた。

とはいえ、ときには、胸《むね》のいたむようなこともあった。ジャックは、おばあちゃんには会ったことがない。おばあちゃんは四十年近く前に、亡《な》くなっているからだ。大戦が終わりに近づいたころ、ナチスがロンドンを爆撃《ばくげき》した夜のことで、そのとき、ジャックのパパはまだ産まれたばかりの赤ん坊《ぼう》だった。なのに今でも、小さなアパートに泊《と》まりにいくと、おじいちゃんが「おーい、ペギー」って、ま

るでおばあちゃんがとなりの部屋にいるみたいによぶことがある。そんなとき、ジャックの目には涙《なみだ》がこみあげた。胸《むね》がつぶれるような気持ちがするのだった。

そうはいっても、おじいちゃんはとびきりほこり高かった。すべてが「ふさわしい姿《すがた》」でなければならなかったのだ。

おじいちゃんはいつも軍服を完ぺきに着こなしていた。ダブルのブレザー、パリッとのりのきいた白シャツに、きちんとアイロンのかけられたグレーのズボン。首にしめたイギリス空軍の紺と白とエンジのストライプのネクタイも、ピシッと決まっている。第二次世界大戦で活躍《かつやく》したパイロットがよくやっていたように、おじいちゃんもエース・パイロット特有の口ひげを生やしていた。そのひげが奇跡《きせき》みたいなのだ。とても長くて、もみあげまでつながっている。あごには生えていないあごひげみたいなものを想像してもらえばいい。おじいちゃんはひげの先っぽを何時間もひねって、ちょうどいい角度にはねあがるようにしていた。

ひとつだけ、おじいちゃんの頭がこんがらがっているとわかってしまうものがある。おじいちゃんがはいているもの、スリッパだ。おじいちゃんはもうずっと、くつをはいていない。毎回、はくのを忘れてしまうのだ。どんな天気だろうと、そう、雨だろうと、みぞれだろうと、雪だろうと、おじいちゃんはかならず茶色いチェックのスリッパを、どうだといわんばかりにはいていた。

もちろん、そういったおじいちゃんのおかしなふるまいに、大人たちは心をいためていた。ジャックはときおり、寝《ね》にいったふりをして、そっと部屋からぬけだし、パジャマのまま階段の上にすわって、パパとママがキッチンでしゃべっているのをきいていた。パパたちはいつも、ジャックにわからないむずかしい言葉を使って、おじいちゃんの「症状《しょうじょう》」について話しあっていた。そのうち、おじいちゃんを老人ホームに入れるか入れないかでけんかになる。おじいちゃんのことをまるでやっかい者みたいに話しているのをきくのは、とてもつらい。けれども、たった十二歳《さい》のジャックには、どうすることもできなかった。

だからといって、戦争中の胸《むね》のおどるようなおじいちゃんの体験談が色あせることはなかった。ただ最近、おじいちゃんのそうした記憶《きおく》はますますあざやかになり、話すだけであき足らず、実際に演ずるようになった。どれも、まさに少年の冒険《ぼうけん》小説シリーズに出てくるような、いさましい物語だ。

おじいちゃんは、大きさがバスタブくらいもある木製の古いレコードプレイヤーを持っていた。そのプレイヤーで、音量をめいっぱいあげてオーケストラの音楽をかける。軍楽隊の演奏《えんそう》する曲がいちばんのお気に入りだ。そして、ジャックと二人で、『ブリタニアよ、統治《とうち》せよ』や『希望と栄光の国』、特にその中の『威風堂々《いふうどうどう》』のようなクラシック音楽を夜中まできいてすごした。二脚《きゃく》の古いひじかけいすがコクピットだ。音楽がもりあがるにつれ、想像の中の戦闘機《せんとうき》も高く舞《ま》いあがってゆく。おじいちゃんはスピットファイアー、ジャックはハリケーンだ。**高く、高く、そしてかなたへ。**二人は雲の上まで上昇《じょうしょう》し、敵《てき》の戦闘機《せんとうき》を出しぬく。毎週日曜日の夜、二人のエース・パイロットは、おじいちゃんの小さなアパートの部屋から一歩も出ることなく、バトル・オブ・ブリテンに勝利するのだ。おじいちゃんとジャックは二人だけの世界でくらし、数え切れないほどの冒険《ぼうけん》をした。

だが、なにをかくそう、現実の冒険《ぼうけん》がはじまろうとしていた。それは、ある事件のあった夜からスタートする。

3 チーズのにおい

その夜、ジャックは自分の部屋で、いつものように第二次世界大戦中パイロットになった夢を見ていた。ハリケーンのコクピットにすわり、恐怖《きょうふ》のメッサーシュミット飛行中隊と戦っているとき、電話のよびだし音がはっきりときこえてきた。

リーン、リーン、リーン、リーン。

おかしいな、とジャックは思った。一九四〇年代の戦闘機《せんとうき》には電話はついていない。なのに、電話は鳴りつづけている。

リーン、リーン、リーン、リーン。

ジャックははっとして目を覚ました。からだを起こしたひょうしに、天井《てんじょう》からつりさげているランカスター爆撃機《ばくげきき》の模型《もけい》に頭をぶつけてしまった。

「いたい！」

ジャックは、おじいちゃんがくれたニッケルめっきのイギリス空軍パイロット用うで時計を見た。

午前二時半だ。

だれがこんな時間に電話を？

ジャックはベッドから飛びおりると、部屋のドアをあけた。一階のろうかから、ママが電話でしゃべっている声がきこえてきた。

「ううん、うちにはきてないわよ」

少し間をおいてから、ママはまたしゃべりだした。その声の調子から、電話の相手はパパだとわかった。

「じゃあ、おじいちゃんがどこへいったか、なにもわからないの？　どうするつもり、バリー？　あなたのお父さんだってことは、わかってるわよ！　だけど、ひと晩じゅう、寝《ね》ずに探《さが》しまわるわけにはいかないでしょ！」

これ以上、だまっていられない。ジャックは階段の上から、よびかけた。

「おじいちゃんになにかあったの？」

ママが上を見た。

「ほら、見なさいよ、バリー。ジャックが起きちゃったじゃない！」

ママは受話器に手をあてて言った。

「すぐにベッドにもどりなさい！　明日、学校でしょ！」

ジャックはどなり返した。

「そんなの、どうだっていいよ！　おじいちゃんがどうかしたの？」

ママは電話にもどると、言った。

「バリー、二分後にかけ直して。こっちでも大さわぎよ！」

そして、電話をたたき切った。

「どうしたの？」

ジャックは階段をかけおりると、もう一度きいた。

ママは、世界じゅうの災難《さいなん》を一身に背負っているといわんばかりに、ハアッと大げさなため息をついた。ママはしょっちゅうこれをやる。まさにそのとき、チーズのにおいがした。それも、ふつうのチーズじゃない。くさくて青カビの生えたドロドロのチーズくさいチーズのにおいだ。ママは、近所のスーパーマーケットのチーズ売り場で働いているから、毎回、チーズのにおいをぷんぷんさせて帰ってきた。

二人はパジャマのままろうかに立ちつくした。ジャックはストライプの青いパジャマ、ママはピンクのフリフリのネグリジェだ。髪《かみ》にはカーラーを巻《ま》き、ほおとおでこと鼻には、フェイスクリームがべったりついている。ママはよくひと晩そのままにしているけど、理由はよくわからなかった。どうやら自分のことを美人だと思っているらしく、「チーズみたいにうっとりするような顔」だって言う。いくらなんでもそのたとえは、むりがあると

思うけど。

ママが電気をつけたので、一瞬《いっしゅん》、二人ともまぶしくて、目をパチパチさせた。

「おじいちゃんがまたいなくなったのよ！」

「うそ！」

「ほんとよ！」

ママはまたため息をついた。ママがおじいちゃんのことでつかれ切っているのは、一目《いちもく》瞭然《りょうぜん》だった。おじいちゃんが戦争の話をすると、うんざりしたように目を回してみせることもある。それを見るたびに、ジャックはいやな気持ちになった。おじいちゃんの話のほうが、その週いちばん売れたチーズの話なんかよりも、∞倍《むげん》おもしろい。

「ママとパパは真夜中に電話で起こされたのよ」

「だれからの？」

「おじいちゃんのアパートの下の階の人よ。ほら、新聞の売店をしてる……」

おじいちゃんは、前に住んでいた広い家を管理しきれなくなって、去年、お店の上にある小さな部屋に引っ越していた。ただのお店ではない。新聞の売店だ。しかも、ただの新聞の売店ではない。ラジの売店だ。

「ラジ?」ジャックは言った。

「そうそう、そういう名前だったわね。ラジが言うには、真夜中におじいちゃんの部屋からドアがしまる音がきこえたんですって。だから、部屋にいってドアをノックしてみたんだけど、返事がなかったの。気の毒に、ラジはあせっちゃってね、で、うちに電話をかけてきたってわけ」

「パパはどこにいるの?」

「すぐに車で出ていって、もう二時間以上、おじいちゃんを探《さが》しまわってる」

ジャックは耳をうたがった。

「二時間以上? どうして起こしてくれなかったんだよ?」

ママは、ま、た、も、や、ため息をついた。今夜は、ため息マラソン大会にでもなったらしい。

「ママもパパも、ジャックがおじいちゃんのことを大好きだってわかってる。だから、心配してほしくなかったのよ、わかるでしょ?」

「心配するに決まってるでしょ！」

それどころか、本当のところ、ジャックは家族のだれよりもおじいちゃんと仲がよかった。そう、ママやパパよりも。おじいちゃんとすごす時間は、かけがえのないものだった。

「ママたちだって心配してるわよ！」ママはどなった。

「ぼくは本当に心配なんだ」

「ママたちだって、本当に心配よ」

「ぼくは、本当の本当に心配なんだ」

「ママたちだって、本当の本当の本当に心配よ。いい、だれがいちばん心配してるか競争なんてしてもしょうがないでしょ」

ママがどんどんイライラしてきているのがわかったので、それ以上つづけるのはやめておいたけど、本当のところ、ジャックは本当の本当の本当に心配していた。

「パパにはもう百回くらい、老人ホームに入れたほうがいいって言ってるんだから！」

ジャックは、だれよりもおじいちゃんのことがわかっていた。

「だめだよ！　絶対におじいちゃんは気に入らないよ！」

おじいちゃん、そう、戦時中、バンティング空軍中佐《ちゅうさ》としてならした男は、お年よりたちとクロスワードパズルやあみ物をして余生をすごすなんて、ほこりがゆるさないに決まっている。

ママは首を横にふって、ため息をついた。

「ジャック、ジャックはまだ子どもだから、わからないのよ」

どの子どももそうだけど、ジャックもこれを言われるのが大きらいだった。けれど、今は言い返している場合じゃない。

「ママ、お願いだよ。おじいちゃんを探《さが》しにいこう」

「バカなこと言わないで。今夜は凍《こご》えるように寒いのよ！」

「だけど、なにもしないわけにはいかないよ！　おじいちゃんはどこか外にいるんだよ、まよってるんだ！」

リーン、リーン、リーン、リーン。

ジャックは電話へ突進《とっしん》して、ママより先に受話器をとった。

「パパ？　どこにいるの？　町の広場？　ママとちょうど、これからいって、おじいちゃんを探《さが》すのを手伝おうって言ってたところなんだ」

ジャックがうそをつくのをきいて、ママは怒《おこ》った顔でにらみつけた。

「すぐにそっちへいくから」

ジャックはそう言って受話器を置くと、ママの手をつかんだ。

「おじいちゃんを助けなきゃ……」

ジャックは玄関《げんかん》のドアをあけ、暗い外へ飛びだした。

4 お古の三輪車

夜の町はいつもとちがって、ぶきみに見えた。どこも真っ暗で、しずまり返っている。今は真冬だ。もやがかかり、大雨が降ったあとで地面はぬれている。

パパが車を使っていたので、ジャックは三輪車にまたがった。三輪車は幼児《ようじ》用だった。

三歳《さい》の誕生日《たんじょうび》にもらったときはすでにお古で、今はもうすっかり小さくなっている。でも、ジャックのうちには新しい自転車を買うお金はなかったので、これでなんとかするしかない。

ママはうしろに立って乗って、ジャックの肩《かた》につかまった。母親を三輪車に乗せているところなんて、万が一学校の同級生に見られたら、一生どこか遠くの暗いほら穴《あな》に引きこもってくらすしかない。

せいいっぱい急いでペダルをこいでいるうちに、頭の中でおじいちゃんの軍楽隊の曲が流れはじめた。幼児《ようじ》用の三輪車にしては、うそだろっていうくらい重い。しかも、うしろ

にママが乗って、ピンクのネグリジェをぴらぴらはためかせている。

三輪車の車輪といっしょに、ジャックの頭の中でも、ぐるぐる考えがめぐっていた。自分はだれよりもおじいちゃんと仲良しだ。だったら、おじいちゃんの居場所がわかるはずじゃないか？

人っ子ひとりいない通りを走って、ようやく町の広場までやってきた。待っていたのは、いかにもみじめな光景だった。

パジャマにガウンをはおったパパが、小さな茶色い車の運転席でつっぷしていた。遠くからでも、パパはもう限界だとわかった。この数か月で、おじいちゃんがアパートからいなくなったのは、七回目なのだ。

三輪車の音が近づいてくるのに気づくと、パパはさっとからだを起こした。ジャックのパパは青白い顔をしていて、やせていた。メガネのせいか、実際より老《ふ》けて見える。ジャックはときおり、ママと結婚《けっこん》したせいでますます年とったんじゃないかと思うことがあった。

パパはガウンのそでで目をぬぐった。泣いていたにちがいない。ジャックのお父さんは会計士だ。一日じゅう、長くてたいくつな計算をしていて、自分の気持ちを表現するのがうまくない。ぜんぶ自分の中にためこんでしまうのだ。けれど、パパが自分の父親であるおじいちゃんのことを心から愛しているのは、ジャックにもわかっていた。でも、おじいちゃんとパパはぜんぜん似ていない。冒険《ぼうけん》を愛する心は、一代飛ばして孫に隔世遺伝《かくせいいでん》したらしい。おじいちゃんの頭の中が霧《きり》がかっているとしたら、その息子の頭は帳簿《ちょうぼ》だらけだった。

「パパ、だいじょうぶ？」

ジャックは三輪車をこいできたせいでハアハアしながらきいた。

パパが車のまどをあけようとすると、ハンドルがぽろりととれた（当時の車は、まどの開けしめが手動だったのだ）。ジャックのうちの車はおそろしく古く、さびだらけで、しょっちゅうあちこちこわれた。

「ああ、もちろん、だいじょうぶだよ」

パパはうそをつくと、ハンドルをどうしたらいいかわからずに持ちあげてみせた。

「で、おじいちゃんは見つからなかったのね？」

ママはきいたけど、答えはわかっていた。

「ああ」

パパは小さな声で答えた。そして、顔を背《そむ》けると、動揺《どうよう》しているのをかくすようにじっと前を見つめた。

「この二、三時間ずっと、町を探《さが》しまわったんだが」

「公園は見た？」

「ああ」

「駅は？」

「見たよ。夜だからしまってたけど、外にもだれもいなかった」

ふいにジャックはひらめいた。そして、言葉にする間もおしむようにさけんだ。

「戦争記念碑《きねんひ》は!?」

パパは息子のほうに視線《しせん》をもどすと、悲しそうに首をふった。

「いちばん初めに探《さが》したよ」

ママが言った。

「じゃあ、もうこれ以上どうしようもないわ！　警察《けいさつ》に連絡《れんらく》しましょ。警察《けいさつ》なら、ひと晩じゅう探《さが》してくれるわよ。わたしももう寝《ね》るわ！　明日、チーズ売り場でウェンズリーデール・チーズの大売り出しがあるの。寝不足《ねぶそく》の顔でいくわけにはいかないからね」

「**だめだよ！**」

ジャックは声を張りあげた。パパとママが夜、おじいちゃんのことを話しているのをこっそりきいていたから、連絡《れんらく》なんてしたら、とり返しのつかないことになりかねないとわかっていた。警察《けいさつ》がかかわれば、いろいろ質問され、書類にも記入しなければならない。おじいちゃんは、正式な「問題」になってしまう。医者にあちこちつつきまわされたあげく、あの状態じゃ、まちがいなく老人ホームに送られてしまう。自由と冒険《ぼうけん》の人生を歩んできたおじいちゃんみたいな人には、刑務所《けいむしょ》行きを宣告《せんこく》されるようなものだ。とにかくおじいちゃんを見つけださなきゃ。

「**高く、高く、そしてかなたへ……**」ジャックはぼそりと言った。

「なんだって？」パパがけげんそうにきいた。

「おじいちゃんのアパートでパイロットごっこをするとき、おじいちゃんがいつもそう言うんだ。離陸《りりく》するときに、『**高く、高く、そしてかなたへ**』って」

「だから、なんなの？」

ママはあきれたような顔をして、同時にため息をついた。あきれ顔＋ため息のダブル攻《こう》撃《げき》だ。

「だから……おじいちゃんがいるところは、わかる。どこか高いところだ」

そして、町でいちばん高い建物はどれか、必死になって考えた。すると、ぱっとひらめいた。

「**ついてきて！**」

ジャックは猛《もう》スピードで三輪車のペダルをこぎはじめた。

5

月とじいさん

町でいちばん高いのは、教会の尖塔《せんとう》だった。このあたりでは有名で、数キロ先からも見える。おじいちゃんはあそこにのぼろうとしてるんじゃないか。これまでいなくなったときも、高い場所で見つかることが多かった。ジャングルジムのてっぺんとか、はしごの上とか、二階建てバスの屋根にいたこともある。イギリス空軍のパイロットだったころみたいに、空にふれようとするかのように。

教会が近づいてくると、尖塔《せんとう》のてっぺんにだれかがすわっているのがはっきりと見えた。低いところに浮《う》かんでいる銀色の月の光に、おじいちゃんの影《かげ》がくっきり浮《う》かびあがっている。それを見たとたん、ジャックには

おじいちゃんがなにをしているかわかった。スピットファイアーを操縦《そうじゅう》しているつもりなのだ。

背の高い教会の下に、背の低い牧師が立っていた。

ヨクバリー牧師は、一目でわかるバーコード頭をしていた。残っている髪《かみ》を黒くそめているが、こくそめすぎてもはやブルーに見える。目はペニー硬貨《こうか》みたいに小さくて、鼻にひっかけるようにかけている黒ぶちメガネのせいでよく見えない。その鼻ときたら、ブタみたいに上をむいていて、つきだした鼻ごしに人を見下すくせがあった。

ジャックの家族は、毎週教会にはいっていないので、牧師のことは町にきたときに見かけるくらいだった。でも、前に一度、酒屋さんから高価そうなシャンパンの入った木箱を持って出てくるのを、見かけたことがある。新車のロータス・エスプリを運転していたのも見た。運転席で太い葉巻《はまき》をふかしていたのはまちがいなく、ヨクバリー牧師だった。

牧師っていうのは、まずしい人を助けるんじゃないのか？　自分がぜいたくをするんじゃなくて？　ジャックはそう思わずにいられなかった。

真夜中だったので、ヨクバリー牧師はまだねまき姿《すがた》だった。パジャマもガウンも最高級のシルク製で、これ見よがしにはいている赤いビロードのスリッパには、「C of E」つまり、英国国教会《Church of England》を表すモノグラムが入っている。手首にはめているのは、重たそうなダイヤ入りの金のうで時計だ。ぜいたく好きなことはまちがいない。

「そこからおりてこい！」

ジャックたちがそちらのほうへ墓地をぬけて走っていくと、ヨクバリー牧師がおじいちゃんにどなっているのがきこえてきた。

「ぼくのおじいちゃんなんです！」

ジャックは、全速力で三輪車をこいだせいで息もたえだえにさけんだ。しかも、ヨクバリー牧師は葉巻《はまき》のにおいをぷんぷんさせているものだから、吐《は》き気までこみあげてくる。

「ほう、で、いったいわ、た、し、の教会の上でなにをしているんだね？」

パパは声を張りあげた。

「すみません、牧師さま！　あれはわたしの父なんです。ちょっと頭が混乱《こんらん》してしまっていて……」

「なら、しっかりとじこめておくべきだろう！　わたしの、屋根の鉛瓦《なまりがわら》がとれてしまったじゃないか！」

　すると、墓石のうしろから、ガラの悪そうな男たちが出てきた。全員、スキンヘッドで、タトゥーを入れ、歯が何本かなくなっている。オーバーオールを着てシャベルを持っているところからすると、たぶん墓ほり人だろう。でも、真夜中に墓をほっているなんて、なんかへんだ。牧師は、そのうちひとりから懐中電灯《かいちゅうでんとう》を受け取ると、光をまっすぐおじいちゃんの顔にむけた。

「すぐさまおりてこい！」

　それでも、おじいちゃんは返事をしない。またいつもみたいに、自分の世界に入ってしまっているのだ。

「方向舵《ラダー》そのまま。コースを保て。どうぞ」

　おじいちゃんは返事の代わりにそう言った。愛機スピットファイアーで空を飛んでいると信じ切っているらしい。

「空軍中佐《ちゅうさ》から基地へ、どうぞ」

「いったいなにをぶつくさ言っとるんだ？」

ヨクバリー牧師はたずね、ぼそりとつぶやいた。

「完全に頭がいかれてるな」

すると、大柄《おおがら》でがっしりした墓ほり人が言った。スキンヘッドで、首にクモの巣のタトゥーが入っている。

「牧師さまのエアライフルをとってきましょうか？　二、三発撃《う》ちゃあ、ビビッてすぐさまおりてきますよ！」

仲間の墓ほり人たちもそれをきいて、クスクス笑った。

エアライフル⁉　おじいちゃんを無事におろしたければ、一刻《いっこく》も早くなにか考えなきゃ。

「だめです！　ぼくにやらせてください！」

ジャックはいいことを思いついた。そして屋根へむかって大きな声で言った。

「こちら空軍基地、どうぞ」

大人たちはあぜんとしてジャックを見た。

すると、おじいちゃんが答えた。

「こちら、バンティング空軍中佐《ちゅうさ》、きこえています。現在高度二千フィート、対地速度時速三百二十マイル。ひと晩じゅう、巡航《じゅんこう》していますが、敵機《てきき》は見あたりません、どうぞ」

「では、任務完了《かんりょう》につき、基地へもどれ、どうぞ」

「了解《ラジャー》！」

教会の下から大人たちは信じられない思いで、（あいかわらず教会の尖塔《せんとう》にすわってい る）おじいちゃんが空想の中で着陸するのを見ていた。おじいちゃんは、完全に戦闘機《せんとうき》の操縦席《そうじゅう》にいると思いこんでいる。エンジンを切るふりまでした。そして、目に見えない風防ガラスをスライドして開くと、外へはいでてきた。

パパは目をつぶった。おじいちゃんが落ちるんじゃないかと思って、これ以上見ていられなかったのだ。反対に、ジャックは恐怖《きょうふ》で目を見開き、まばたきすらできずにおじいちゃんを見つめた。

おじいちゃんは尖塔《せんとう》から屋根の上へはいおりた。そして、てっぺんのせまい棟《むね》の上にすっくと立つと、まったく気をつけるようすもなくひょいひょい歩きはじめた。ところが、数歩先に、さっきおじいちゃんがのぼったときにずれた鉛瓦《なまりがわら》が……。

つるん！

……おじいちゃんは足をすべらせた！

「うわあああああ！」ジャックはさけんだ。

「父さん！」パパがさけぶ。

「きゃあああ！」ママも悲鳴をあげる。

牧師と墓ほり人たちは、むごたらしい光景を期待するかのように身を乗りだした。

おじいちゃんは、牧師の大切な鉛瓦《なまりがわら》をさらにいくつかふっとばしながら、屋根をすべりおちていく。


カーン、カーン！

瓦《かわら》が大きな音を立てて地面に落ち、おじいちゃんは屋根のはしから飛びだした。

ブーーーン！


しかし、その瞬間《しゅんかん》、おじいちゃんはあわてるようすもなく雨どいをがっしとつかんだ。

細い足が空中でぶらぶらゆれ、足のスリッパがまどのステンドグラスにパシッパシッとぶつかる。

「わたしの、まどが！」牧師がさけぶ。

「父さん、手をはなさないで！」

ジャックのパパが大声でよびかける。

「だから警察《けいさつ》に連絡《れんらく》しろって言ったじゃない」

ママがいまさら言ってもしかたがないことを言う。

「明日の朝いちばんで、洗礼式《せんれいしき》があるんだぞ！　おまえのじいさんのからだやら内臓《ないぞう》やらをそうじする時間などないんだ！」

ヨクバリー牧師は声を張りあげた。

「父さん！　父さん！」ジャックのパパはよびつづけている。

ジャックは必死になって考えた。いっこくも早く行動を起こさないと、おじいちゃんは死へ真っさかさまだ。

「そんなふうによんでも答えないよ。ぼくにやらせて」

ジャックはそう言うと、もう一度、さけんだ。

「中佐《ちゅうさ》どの！　こちら、少佐《しょうさ》です！」

「ああ、おまえか！」

おじいちゃんは雨どいにぶらさがったまま答えた。少佐《しょうさ》というあだ名は、おじいちゃんにとってはもはやあだ名ではなかった。ジャックを仲間のパイロットだと信じ切っているのだ。

「そのまま戦闘機《せんとうき》の翼《つばさ》にそって、右に移動してください」

ジャックは上にむかってさけんだ。

おじいちゃんは一瞬《いっしゅん》、間をおいてから、答えた。

「ラジャー!」

そして、ぷるぷるふるえる手を雨どいにはわせるようにしながら移動しはじめた。突拍子《とっぴょうし》もないやり方だったけど、うまくいったらしい。おじいちゃんになにかを伝えたければ、おじいちゃんの世界に入るしかない。

ジャックは、教会の壁《かべ》ぞいに排水管《はいすいかん》がまっすぐ下までのびているのを見つけた。

「よし、中佐《ちゅうさ》どの、右側の柱が見えますか?」

「見えるぞ、少佐《しょうさ》」

「その柱にしっかりつかまって、ゆっくりすべりおりてください」

ママとパパは息をのんで、口に手をあて、おじいちゃんが曲芸師みたいに雨どいから排《はい》水管《すいかん》へ飛びつくのを見守った。おじいちゃんが排水管《はいすいかん》にうつると、一瞬《いっしゅん》、時間が止まったように思えた。と、次の瞬間《しゅんかん》、排水管《はいすいかん》はおじいちゃんの体重をささえきれずに壁《かべ》からはずれ、曲がりはじめた。

ギイイイイイ。　排水管《はいすいかん》はみるみる曲がっていく。

ジャックのアドバイスはまちがっていたのか？　愛するおじいちゃんを、地面へたたきつけるはめになるのか？

「**だめええええ！**」ジャックはさけんだ。

6 暴走ブルドーザー

ジャックは胸《むね》をなでおろした。教会の排水管《はいすいかん》はポキンとおれずに、じわじわと曲がっておりてきたからだ。

そして、おじいちゃんを無事、地面におろした。

おじいちゃんはスリッパが墓地のぬれた草にふれるやいなや、ジャックたちのほうへつかつかと歩いてきて、敬礼《けいれい》した。

「解散」

ママはかんかんに怒《おこ》っている。

「空軍中佐《ちゅうさ》、中佐《ちゅうさ》の車までお供させてください。中佐《ちゅうさ》のお住まいまでお送りいたします」

ジャックは言った。

「大活躍《かつやく》だったな」おじいちゃんは答えた。

ジャックはおじいちゃんのうでをとって、おんぼろ車のほうへ連れていった。ドアをあけたひょうしに今度はドアのとってがぽろりととれたが、おじいちゃんを無事うしろの座《ざ》席《せき》にすわらせ、凍《こご》えるような冬の夜気が入らないようにドアをばたんとしめた。もどろうと墓地をかけていくと、ヨクバリー牧師がパパとママに話しているのがきこえた。

「とてもまともとは思えん！　どこかへとじこめておかないと……」

「おじいちゃんはだいじょうぶですから！」

ジャックは会話にわりこんだ。

牧師は少年を見おろし、にっこりほほえんで、かみつく直前のサメみたいに歯をむきだした。が、ふいになにか思いついたような顔をした。そして、いきなり声の調子を変えて、いかにも親切そうにパパとママに言った。

「ええと、お名前はなんでしたっけ？」

「バンティングです」

ママとパパは同時に答えた。

「バンティングさん、わたしは長いあいだ牧師をやっておりますが、教区のお年よりのみなさんが安心してすごせるように心を配ってきました。ぜひお宅のおじいさまにも手を差しのべたいと思います」

「まあ、本当に？」

ママは、このウナギをつかむような話にすぐさま飛びついた。

「ええ、バンティングさん。実のところ、おじいさまにぴったりのすばらしい場所を知っておりましてね。前の老人ホームがたまたま暴走したブルドーザーにこわされてしまったあとに、最近オープンしたんです」

ジャックは、視界《しかい》のはしで墓ほり人たちがにやにやしているのに気づいた。はっきりこれとはいえないけれど、なにかひどくあやしい予感がする。

「ええ、地元の新聞で読みました。ブルドーザーが暴走だなんて。まさかそんなことがあるとは思いませんでしたよ」パパが言った。

「天にまします主は不可解な方法でものごとをなされるのです」

ヨクバリー牧師は答えた。

ママが口を開いた。

「あの、牧師さま。わたしは口をすっぱくして言いつづけていたんですよ。チーズ売り場のジルだって、そのとおりだって言ってくれてたんです」

「つまり、奥《おく》さんはチーズ売り場で働いてらっしゃるんですね。どうりでスティルトン・チーズのにおいがすると思いましたよ」と、ヨクバリー牧師。

「あたりです！　うちの目玉商品のひとつなんですよ。なにしろ世界三大ブルーチーズのひとつですからね。すばらしい香《かお》りじゃありません？　まるで香水《こうすい》みたいでしょう？」

パパはかんべんしてくれといった顔をした。

「とにかく、ジルも同じ考えなんです」ママは話のつづきをはじめた。

「義理の父のためにも、老人ホームに入れるのがいちばんだって」

ジャックはパパを見て、ブンブンと首を横にふったけれど、パパは気づかないふりをしてたずねた。

「そのホームはいいところなのでしょうか？」

牧師はねこなで声で言った。

「バンティングさん、いいところでなければ、お勧《すす》めするはずないでしょう。実にすばらしい場所です。お年よりのディズニーランドみたいなところですよ。ただひとつ問題があって、人気があるので……」

「そうなんですか?」

パパまで、牧師のおしゃべりに完全に引きこまれている。

「ええ、だから、なかなか入所できないんですよ」ヨクバリー牧師は言った。

「そういうことなら、しょうがないね。どっちにしろ、入れないんだから」

ジャックは言った。

ところが、牧師は息つぎもせずつづけた。

「しかし、幸い、ホームの院長をよく知っているんです。ミス・ガメツイというすてきな女性でしてね、みなさんもお会いになったら魅力的《みりょくてき》な方だとお思いになるはずですよ。お望みなら、大切なおじいさまを優先的《ゆうせんてき》に入所させるようミス・ガメツイにお願いしてさしあげましょう」

「なんてご親切なんでしょう」と、ママ。

「ホームの名前はなんというんですか?」パパがきいた。

「〈たそがれホーム〉です。ここからさほど遠くない場所にありましてね、町の外の広野のはずれですよ。もしよろしければ、今すぐミス・ガメツイに、ここにいるわたしの部下が今夜、おじいさまをお連れすると連絡《れんらく》しておきますが、いかがなさいます……？」

牧師はがっしりした墓ほり人のほうを指し示した。

「そうしてくださったら、手間がはぶけますわ」ママが言った。

「だめだよ！」ジャックはさけんだ。

パパは、妻と息子のあいだをとろうとした。

「どうもありがとうございます、牧師さま。ちょっと考えてみます」

「だめだよ！　考えたりしない！　おじいちゃんはホームに入れない！　絶対にだめだ！」ジャックはあくまで反対した。

パパは、おじいちゃんがずっと待っているから、車へもどろうと言った。

ジャックはパパたちのあとについて歩きはじめた。ところが、パパとママが声のとどかないところまでいくと、牧師はジャックにむかってささやいた。

「まあ、どうなるか、楽しみにするんだな……」

7 お年よりのディズニーランド

ジャックたちが家に帰ったときには、夜明け近くになっていた。ジャックはパパとママを説得して、今夜はおじいちゃんをひとりでアパートに帰さないで、うちに泊《と》めることにした。そして、おじいちゃんには、わかるように説明した。

「敵《てき》がこの地域《ちいき》を偵察《ていさつ》しているから、空軍大将が宿舎を移動するようにとのことです」

おじいちゃんはほどなくジャックの二段ベッドの下でぐっすりとねむりこんだ。いびきもイギリス国歌だ。

ググググ！　ググググググ！

ググ！　ググッググググ！

くるりと巻《ま》いたひげの先が、いびきに合わせて上下している。けれど、ジャックのほうは今夜の出来事でまだ心臓《しんぞう》がどきどきしていたし、とてもねむれそうになかったので、そっとベッドからすべりおりた。また、下の階からくぐもった話し声がきこえる。パパとママがどんな話をしているか、知りたい。今やプロなみになった手つきでジャックは音を立てずに部屋のドアをあけ、階段のいちばん上のじゅうたんの敷《し》いてあるところにすわって、手すりと手すりのあいだから片耳をつきだした。

「牧師さんの言うとおりよ。おじいちゃんはホームにいくのがいちばんだわ」ママが言っている。

「どうだろう。父さんは気に入らないと思う」パパが言う。

「親切な牧師さんの言ったことをきいてなか

ったの？〈**たそがれホーム**〉の話を？」

「お年よりのディズニーランドってやつか？」

「それよ！　わたしだって、ローラーコースターやウオーターシュートや大きいネズミみたいなかっこうをした人がいるとは思ってないわよ。だけど、いいところみたいじゃない」

「しかし――」

「教会の牧師さんよ。うそをつくわけないでしょ！」ママがぴしゃりと言った。

「たしかに牧師さんの言うとおりかもしれない。しかし、むかしから父さんは自由な生き方をしてきたんだ」

「ええ、そのとおりよ！　真夜中に教会の屋根のてっぺんにのぼるような自由な生き方をね！」ママは勝ちほこったように言った。

しんとなった。パパは反論できなかったのだ。しばらくして、ママが言った。

「ねえ、バリー、それしかないでしょ。このままじゃ、おじいちゃんが危険《きけん》にさらされることになるわ。今日だって、もう少しで屋根から落ちて、死ぬところだったのよ！」

「わかってる。わかってるよ……」パパはもごもごと言った。

「なら？」

「それがいちばんいいのかもしれないな」

「じゃあ、これで決まりね。明日、おじいちゃんを〈**たそがれホーム**〉に送っていきましょ」

階段の上できいていたジャックの目にみるみる涙《なみだ》が浮《う》かび、ゆっくりとほおを流れ落ちていった。

8 白状しろ！

いつものように、次の朝のおじいちゃんのふるまいからは、なにかおかしなことが起こったようすは見受けられなかった。ジャックの家のキッチンで、上きげんで目玉焼きとベーコンをかきこんでいるところからして、昨日の夜の大事件のことはなにひとつ覚えていないのにちがいない。

「パンのお代わりをくれ! 急いでくれ、女中さん。ほらほら!」

おじいちゃんは注文した。

ママは召使《めし》いのようにあつかわれて、ムッとした。むかしの人は、お手伝いさんのことを「女中」とよんでいたのだ。なんとかしてくれというようにパパのほうを見たけど、パパは新聞を読んでいるふりをした。

ママがバン! と食パンを二枚置くと、おじいちゃんはすぐさまお皿に残った油をパンでぬぐいはじめた。そして、むしゃむしゃとパンを食べおわると、高らかに言った。

「次からは、パンをカリカリに焼いておくれよ、女中さん!」

「へえ、カリカリにね⁉」ママは皮肉たっぷりにくりかえした。

ジャックは思わずにやっとしたけど、かくそうとした。

おじいちゃんはズズと音を立てて紅茶《こうちゃ》を飲むと、

「ハッチをくぐれ!」と言った。

「かんぱい」の意味で、口を船室におりるハッチに見立てているのだ。おじいちゃんはなにか飲むたびに、そう言った。

「ママ、パパ、考えたんだけどさ、ねぼうしちゃったから、今日は学校を休んだほうがいいと思うんだ」

「休む?」ママがききかえした。

「うん。うちで留守番して、おじいちゃんのことを見てるよ。一日だけじゃなくて、今週はまるまる休んだほうがいいかも!」

ジャックはあまり学校が好きではなかった。十二歳《さい》になって、大きな学校に通うようになっていたけど、まだ友だちもいない。ほかの子たちはみんな、最近の人気歌手とかくだらないおもちゃにしか興味がないみたいだった。おもちゃっていっても一九八三年の話だから、授業中、子どもたちが机《つくえ》の下でいじくっていたのは、ルービックキューブだ。飛行機の模型《もけい》に興味がある子なんて、ひとりも見つからなかった。初めて学校にいった日に、飛行機の模型《もけい》が好きだと言っただけで、上級生たちに笑われたのだ。それ以来、ジャックは模型《もけい》のもの字も口にしないようにしていた。

「ジャック・バンティング、学校を休むなんてゆるしません!」

ママはしかるとき、息子をフルネームでよぶくせがある。

「バリー、なんとか言ってちょうだい!」

パパは新聞から顔をあげた。

「まあ、昨日の夜はおそかったし……」

「バリー!」

パパは、妻にはさからわないほうがいいと思いなおし、すかさず話の方向を変えた。

「……とはいえ、もちろん学校を休むのはだめだ。これからはなんでもママの言うとおりにするんだぞ」

そして、どこかわびしげにつけ加えた。

「パパもそうするから」

すると、ママはこれ見よがしにパパの肩《かた》をつついた。おじいちゃんのことで話してほしいことがあるのは、みえみえだ。パパがすぐに反応しないでいると、もう一度グイとつついた。思わずパパが「いたい!」と言ったほどだ。

「**バアアアア、リイイイイー……**」ママがこんなふうに妙《みょう》にのばしてパパの名前をよぶときは、パパになにかしてほしいときだ。

パパは新聞を置くと、ゆっくりとたたんで、できるだけ話すのを先へのばそうとした。ジャックはまっすぐパパを見つめた。

ああ、最悪だ。

とうとうパパはおじいちゃんに〈たそがれホーム〉のことを言うつもりなんだ。

「あのさ、父さん。ぼくたちが父さんのことを心から愛してるのはわかってるよね。父さんにいちばんいいようにしたいって思ってることも……」

おじいちゃんはズズと派手に音を立てて紅茶《こうちゃ》をすすった。パパの言っていることがきこえているのかどうか、よくわからない。おじいちゃんの目はどんよりくもっていた。パパはもう一度、今度は前よりゆっくりと大きな声で言った。

「と、う、さ、ん、き、い、て、る？」

「さっさと言え、士官候補生《こうほせい》！」

おじいちゃんは言った。ジャックは思わずにやっとした。おじいちゃんが、パパの階級を、少佐《しょうさ》より下の候補生《こうほせい》にしたのがおかしかったのだ。士官候補生《こうほせい》はいちばんのぺーぺーだ。

パパ（または、おじいちゃんいわくバンティング士官候補生《こうほ》）は、深く息をすいこむと、もう一度言い直した。

イギリス空軍　階級表

士官候補《こうほ》生	ペーペー中のペーペー
少尉補《しょういほ》	ペーペーに毛が生えたようなもの
少尉《しょうい》	やっと舞台にあがったというところ
中尉《ちゅうい》	まだまだ上を目指せる
大尉《たいい》	いい線いってる
少佐《しょうさ》	さらにいい線
中佐《ちゅうさ》	それよりもっといい線
大佐《たいさ》	おー、よくやったじゃん
准将《じゅんしょう》	すげえ！
少将	お母さんは鼻高々だね
中将	マジか！
大将	ゴール目前
空軍元帥《げんすい》	ミスターえばりんぼう

「父さん、ぼくたちは父さんのことを心から愛してるし、父さんのことを考えてる。ええと、その……女中さんが……」

ママはパパをにらみつけた。

「……つまり、バーバラがもともとは考えたことなんだ。でも、昨日の夜のことがあって、ぼくも賛成した。父さんのためにいいと思うんだ、父さんが……」

ジャックはなにか言わなければと思った。なんでもいいから、なにか言わなきゃ。おじいちゃんのために時間をかせぐんだ。気がつくと、パパが最後まで言う前に、思わずこう言っていた。

「ぼくといっしょに学校にいってくれれば！」

9  色チョーク

ジャックはマコトーニ先生にたのみこんで、おじいちゃんを歴史の授業に連れてくることを許可してもらった。ジャックが新しく通いだした学校では、ちょうど第二次世界大戦について勉強しはじめたところだった。だとしたら、実際に、その場にいた人から学ぶのがいちばんいいに決まっているよね？　それに、みんなにも、おじいちゃんがどんなにかっこいいか知ってもらえる。模型《もけい》飛行機のコレクションだって、けっこういい線いってる趣味《しゅみ》ってことになるかもしれない。

マコトーニ先生は背の高いやせた女の人で、足首まである長いスカートに、首まできっちりしまったフリルのブラウスを着て、銀のくさりのついたメガネを首からさげていた。よくいる、わくわくするような科目をなぜか死ぬほどつまらなくできるタイプの先生だ。歴史っていうのは、本当なら、世界の運命を定めた英雄《えいゆう》や悪党《あくとう》たちがわんさか登場する、

最高にわくわくするお話のはずだ。血に飢《う》えた王や女王、命をかけた戦い、言葉にするのもはばかれるような拷問《ごうもん》の数々。

しかし、残念ながら、マコトーニ先生の教え方は、脳がしびれるほどたいくつでつまらなかった。黒板に先生愛用の色チョークで名前や年代をひたすら書くだけなのだ。生徒はそれをすべて、ノートに写さなければならない。

「真《まこと》に、**一にも事実、二も事実、三、四がなくて、五に事実**ですからね！」

そう唱えながら、どんどん書いていく。一度なんて、クラスの男子が全員、まどからぬけだして、校庭でこっそりサッカーをしていたのに、マコトーニ先生は気づきもしなかった。いつも黒板のほうをむきっぱなしで、一度もふりむかないからだ。

そんな先生だから、そうかんたんにはおじいちゃんを連れてくる許可はくれなかった。そこでジャックはわいろをおくることにした。近くの新聞販売《はんばい》店で買った色チョークのセットだ。ありがたいことに、店長のラジは、ラジいわく「豪華《ごうか》」チョークを、お得意のお買い得セット価格で売ってくれた。つまり、賞味期限のすぎたキャンディをひと箱買えばおまけにつけてくれるっていうお買い得だ。

歴史の授業が二時間目でラッキーだった。おじいちゃんのせいで遅刻《ちこく》してしまったからだ。まず、「学校」っていうのは、中学校じゃなくて、イギリス空軍の航空学校のことだと納得《なっとく》させるのに、時間がかかってしまった。次に、近道のはずの公園を通りぬけるルートが、結果的に遠回りになってしまったのだ。おじいちゃんが、「敵機《てきき》を見張る」ために公園でいちばん高い木にのぼると言ってきかなかったからだ。しかも、のぼるよりもおりるほうがはるかに時間がかかり、ジャックは近くにいたまどふきの人にたのんではしごを借り、おじいちゃんをなだめすかして下までおろさなければならなかった。

ようやく二人で校門をくぐって、イギリス空軍のうで時計を見ると、歴史の授業はもう十分前にはじまっていた！　マコトーニ先生にゆるせないことがあるとすれば、それは遅刻《ちこく》だ。教室に入っていくと、全員の目がジャックにむけられた。ジャックははずかしくて真っ赤になった。注目をあびるのは、大の苦手なのだ。

「遅刻《ちこく》の理由は？」

マコトーニ先生は、黒板からさっとむき直ると大声でたずねた。

ジャックが答える前に、おじいちゃんが教室に入ってきた。

「バンティング空軍中佐《ちゅうさ》になんでもお申しつけください、マダム」

おじいちゃんは敬礼《けいれい》すると、深々と頭を下げ、マコトーニ先生の手にキスをした。

「マコトーニと申しますのよ」

先生はクスクス笑って、緊張《きんちょう》したように手で口をかくした。女性へ敬意《けいい》をはらうおじいちゃんの態度にぼーっとなってしまったのだ。男の人にこんなふうにちやほやされたのはひさしぶりだったのだろう。先生が笑ったので、クラスのみんなもクスクス笑った。生徒たちをしずかにさせようと、先生はお得意のおそろしい目でにらみつけた。その冷ややかなまなざしはいつもたちまちきき目を現わ

した。

「おすわりください、バンティングさん。今日、いらっしゃるなんて、知りませんでしたわ！」

先生はジャックをにらみつけた。ジャックは、にっこりとほほえんでみせた。

「とはいえ、せっかくいらっしゃったのですから、お願いしましょう。第二次世界大戦で戦闘機《せんとうき》のパイロットをしていたときのお話をしてくださるんですよね」

「ラジャー！」

先生は、ラジャーという名前の生徒が教室に入ってきたのかと思い、ふり返った。

「ラジャーというのは？」

「了解《りょうかい》という意味です、先生」ジャックが返事をした。

「発言するときは、手をあげなさい」

マコトーニ先生はぴしゃりと言うと、またおじいちゃんにむかって言った。

「ちょうどバトル・オブ・ブリテンを勉強しはじめたところなんです。おじいさまの個人的な体験をお話しいただけますか？」

おじいちゃんはうなずいて、立派な口ひげの先をくるりとひねった。

「もちろんですとも、マダム――バトル・オブ・ブリテンの一日目、われわれはみな、敵《てき》がなにか大きなことを計画しているのはわかっていた。全滅《ぜんめつ》だ、ヒトラー氏はそれをねらっていたのだ。レーダーが、ドイツ空軍ユンカースの大航空艦隊《かんたい》が海をわたってくるのをとらえた。メッサーシュミット戦闘機《せんとうき》が護衛役《ごえいやく》だ。戦闘機《せんとうき》の多さに、その日、空が真っ黒になったほどだった」

教室のうしろで、ジャックは得意満面でほほえんでいた。クラスじゅうが、おじいちゃんの言うことをひと言もききもらすまいと耳をかたむけている。その瞬間《しゅんかん》、ジャックは学校一、クールな子になった気分だった。

「一刻《いっこく》のゆうよもない。敵《てき》はものすごいスピードでやってくる。すぐさま飛ばなければ、地上で全滅《ぜんめつ》させられる」

「うそ！」

前にすわっている女子がすっかり引きこまれて、つぶやいた。

「本当だ！　あのままなら、わが空軍基地は炎《ほのお》に包まれていたかもしれない」

そう言って、おじいちゃんはつづける。

「わが飛行中隊は最初に緊急《きんきゅう》発進した。わたしは中佐《ちゅうさ》として攻撃《こうげき》の先頭に立った。あっという間に空へ飛び立つ。**高く、高く、そしてかなたへ**。わがスピットファイアー機を時速三百マイルまで加速し……」

「すげえ！」うしろの席でサッカー雑誌を見ていた男子が顔をあげて言った。

「時速三百マイル⁉」

「空軍大将から無線が入り、敵《てき》のほうがはるかに数が多いときかされた。こちら一機に対し、相手は四機だ。すばやく考えなければならない。敵《てき》の意表をつく必要がある。そこで、わが中隊に雲の上まで上昇《じょうしょう》し、姿《すがた》をかくすよう命じた。敵《てき》が目と鼻の先にくるまで待って、いっせいに攻撃《こうげき》をしかけるのだ！」

「それは、正確には何日のことでしたか、バンティングさん？」

いきなり、マコトーニ先生が口をはさんだ。

「赤色のチョークで黒板に書かないとなりませんから。赤いチョークは、日付用なんです」

マコトーニ先生は黒板で使うチョークの色のルールにうるさかった。

赤チョーク…………年号・日付
緑チョーク…………場所
青チョーク…………出来事
オレンジチョーク…有名な戦闘《せんとう》
ピンクチョーク……引用
むらさきチョーク…女王と王の名前
黄チョーク…………政治家の名前
白チョーク…………軍の指導者の名前
黒チョーク…………黒板じゃよく見えない
注：節約して使うこと

おじいちゃんは一瞬《いっしゅん》、考えこんだ。ジャックは胃がねじれるような気持ちにおそわれた。

日付はおじいちゃんの得意分野ではない。

けれども、ちょっとの間をおいて、おじいちゃんは答えた。

「七月三日の十一時だ。よく覚えてる！」

先生が**一にも二にも、三、四がなくて、五にも大切な事実**を赤いチョークでキュッキュッと黒板に書いているあいだに、おじいちゃんはつづけた。

「われわれは、ぎりぎりの瞬間《しゅんかん》まで待ちつづけた。そしてついに雲の下から一機目のメッサーシュミットが姿《すがた》を現わしたとき、わたしは命令を下した」

「何年のことですか？」

「え、なんでしょうか、マダム？」

「それは何年のことでしたか？」先生はなおもきいた。

そして、最悪の事態が起こった。おじいちゃんの顔がふいにほうけたようになったのだ。

10 一にも事実、二も事実、三、四がなくて、五も事実

ジャックは、教室のうしろからおじいちゃんを助けようと口をはさんだ。

「先生、話のとちゅうで何度も質問するのはやめたほうが……」

「これは歴史の授業なんですよ！　わたしたちに必要なのは、**一にも事実、二も事実、三、四がなくて、五も事実**なんです」

「先生、中佐《ちゅうさ》に最後まで話してもらってください。事実については、そのあとでも」

「いいでしょう。では、バンティングさん、つづきをどうぞ」

マコトーニ先生は不満げに言うと、赤いチョークをにぎりしめた。

「ありがとう、マダム。さて、どこまで話したっけ？」

気の毒に、おじいちゃんはどこまで話したかわからなくなってしまったらしい。おじいちゃんが大活躍《だいかつやく》したこの話は、ジャックはもう何百回もきいていたけれど、何度きいたっ

てきあきない。ジャックは助け舟を出した。

「一機目のメッサーシュミットを見て、命令したんだよね――」

「そうだ、急降下の命令だ！　雲をつきぬけて降下すると、わがスピットファイアー隊の命をかけた戦いになるとわかった」

おじいちゃんの目にふたたび光が宿った。まるで昨日のことみたいに、その瞬間《しゅんかん》にもどっている。

「レーダーによれば、ぜんぶで百機だった。だが、実際目で見ると、二百はいるように見える。ユンカースが百機、同じだけのメッサーシュミット。対するわれわれは、わずか二十七機のスピットファイアーのみだ」

子どもたちはすっかり夢中になっている。マコトーニ先生は**一にも事実、二も事実、三、四がなくて、五にも大切な事実**を、せっせと黒板に書いている。イギリス側とドイツ側にそれぞれ戦闘機《せんとうき》が何機いたかとかそういうことを、色チョークでずらずらと書きつらね、それが終わるとまたすぐに赤いチョーク（年号用）に持ちかえて、質問しようと口を開いた。が、子どもたちが声をそろえて言った。

「シイイイイ！」

おじいちゃんは今や、のりに乗っていた。こうなれば子どもたちはもはや、おじいちゃんの手の上でおどらされているようなものだ。

「わたしが機関銃《きかんじゅう》のボタンをおすのと同時に、戦いがはじまった。興奮《こうふん》と恐怖《きょうふ》に包まれる。空を弾丸《だんがん》と煙《けむり》と火がうめつくす。

ダン！

最初のメッサーシュミットを撃《う》ち落とした。ドイツ軍のパイロットがパラシュートで脱出《だっしゅつ》したのが見えた。

ダン！

ダン！

その日のミッションは、ユンカースを撃墜《げきつい》すること。やつらは危険《きけん》この上ない連中だ。一機一機が大量の爆弾《ばくだん》を積んでいる。やつらを止めなければ、その爆弾《ばくだん》がロンドンじゅうの大人や子どもの上に降りそそぐことになる。はげしい空中戦がくりひろげられた。何時間にも感じられた。あの日、イギリス空軍は敵機《てきき》を五十機は撃《う》ち落としたにちがいない。残ったドイツ機もかなりのダメージをこうむり、すぐさま英仏海峡《かいきょう》のむこうに撤退《てったい》するはめになった。わが飛行中隊は英雄《えいゆう》として基地にもどったのだ」

教室からどっと拍手《はくしゅ》がわきおこった。

「やったー！」

11 レジェンド

教室の拍手《はくしゅ》がしずまるのを待って、おじいちゃんはふたたび話しはじめた。

「だが、浮《う》かれさわいでいるひまはなかった。敵《てき》がもどってくるのはわかっていたからな。しかも、すぐに、さらに数を増やして、やってくるにちがいない。バトル・オブ・ブリテンは本番に突入《とつにゅう》したのだ。わが飛行中隊は、四人の勇敢《ゆうかん》なパイロットを失った」

おじいちゃんの目が涙《なみだ》で光った。

クラスじゅうがぼうぜんとしてしずまり返った。これこそが、歴史の授業だ。

ジャックのとなりにすわっていた男子がこちらをむいて、ささやいた。

「おまえのじいちゃん、レジェンドだな！」

「だろ」ジャックはにっと笑った。

「では、ありがとうございました、バンティングさん」

マコトーニ先生が大きな声で言って、魔法《まほう》をやぶった。

「さて、そろそろ授業も終わりです。先生はもう、赤いチョークを用意しました。すべての事実をノートに書きましょう！　**一にも事実、二も事実、三、四がなくて、五も事実！**

さあ、今のお話の年代をすべて教えていただけますか？」

「年代？」

「ええ。黒板に書かないとなりませんからね。次のテストに合格したいと思うなら、事実を覚える必要があるんです！　一にも、二にも、いえいえ、六にも、七にも！」

おじいちゃんはこまったように先生を見た。

「今年です」

「今年ってどういう意味です？」

「今年ですよ。一九四〇年です」

子どもたちはためらいがちにクスクスと笑った。もちろんジョークだよね？　ジャックはすわったまま、そわそわとからだを動かした。

マコトーニ先生がまたお得意の相手の息の根を止める目つきで教室を見まわしたので、子どもたちはしんとなった。

「本気で今年が一九四〇年だと思ってらっしゃるんですか？」

「ええ、もちろん今は一九四〇年です！　ジョージ六世が国王陛下で、首相はチャーチル氏ですから」

「いえいえ、バンティングさん、今は一九八三年ですよ！」

「ありえん！」

「いえいえいえ。今はエリザベス二世が女王陛下です。首相は、サッチャー女史ですわ、すばらしい方です」

おじいちゃんはぜんぜん納得《なっとく》していないようすだった。それどころか、頭がおかしいんじゃないかという目で先生を見ている。

「女史?! 女性が首相？ 頭のネジがゆるんでしまったようですね！」

「頭のネジがゆるんでいるのは、そちらのほうです、バンティングさん！ まあ、とにかく、とーってもためになる出張授業にはお礼を申しあげますわ」

先生はいやみたっぷりに言った。

「では、さようなら」

まるでハトを追いはらうようにマコトーニ先生は、おじいちゃんをいすから追いだした。

そして、声をひそめて子どもたちに言った。

「今、きいたことは、ノートには書かないでいいですからね！ 今が何年かもわかっていないし、外でもスリッパをはいてるんですから！」

かわいそうにおじいちゃんは、教室の前につっ立っていた。さっきまで大空を舞《ま》っていたのに、今ではまるで不時着したみたいだ。ジャックの胸《むね》はキリキリいたんだ。

キンコーンカンコーン！

タイミングよくチャイムが鳴った。授業が終わってこんなにほっとしたのは、初めてだった。ジャックは、ぞろぞろと教室を出ていく子たちをおしのけるようにしておじいちゃんのもとへ急いだ。最高に楽しかった歴史の授業が、史上最低の授業になってしまったのだ。ようやくおじいちゃんのところまでいくと、マコトーニ先生によばれた。

「ジャック？　ちょっときてちょうだい」

「待っててください、中佐《ちゅうさ》」

ジャックはおじいちゃんに言ってから、重い足どりで先生のところへいった。

「二度とわたしのクラスにおじいさまは連れてこないでちょうだい」

先生はかみつくように言った。

「わかってます！　二度と連れてくるもんか」

ジャックはかっとなって言い返すと、くるりときびすを返し、おじいちゃんの手をつかんだ。おじいちゃんの手の皮膚《ひふ》は、子どもみたいにやわらかくて、すべすべしていた。

「いきましょう、中佐《ちゅうさ》どの。基地へもどりましょう」

「わからない……よくわからんのだ。わたしの報告はわかりにくかったか？　がっかりさせてしまったのか？」

ぼそぼそとつぶやくおじいちゃんの姿《すがた》を見て、ジャックはぐっと涙《なみだ》をこらえた。強くならなければいけない。

「いいえ、中佐《ちゅうさ》どの。そんなことはありません。今も、これからも、中佐《ちゅうさ》どのがみんなをがっかりさせるようなことなんて、決してありません」

12 ぬけだす

学校をぬけだすだなんて、ジャックはこれまでしたことがなかった。でも、おじいちゃんがちゃんと家まで帰れるか見とどけなければならない。おじいちゃんはいつにもまして、頭が混乱《こんらん》しているようだった。マコトーニ先生のせいですっかりめんくらって、今は足元すらおぼつかないようすだ。

それに、パパとママがよびだされることだけは、さけたい。おじいちゃんの学校訪問が悲惨《ひさん》な結果になったことを知ったら、おじいちゃんをすぐさま〈**たそがれホーム**〉に入れてしまうかもしれない。だから、おじいちゃんのアパートへむかうことにした。

アパートの近くまでいくと、売店のほこりだらけのウィンドウにラジがいるのが見えた。ラジは、自分の芸術家的な側面をアピールしようとせっせと働いている。今週の特別セール品のリコリスキャンディとサッカー・カードをならべているけど、かなりシュールなかざりつけだ。真っ黒のぐるぐる巻《ま》きのリコリスキャンディを、カードに巻《ま》きつけていて、両方とも、うわー、ぜんぜんほしくない、って感じになっている。ラジは、ジャックとおじいちゃんに気づくとすぐに店を飛びだしてきた。

「ああ！　ミスター・パンティーグ！　パンティーグさん！」

「パンティーじゃないよ。バンティングだってば！」

ジャックは言い直した。

「ちゃんとそう言ってるぞ。パンティーグとな！」

ラジは言った。みんなと同じで、ジャックもラジのことが大好きだった。いつだって、思わずにっこりさせてくれる。

「で、わが店いちばんのお客さんミスター・パンティーグのごきげんはいかがです？　真夜中にアパートからいなくなったもんだから、ひどく心配したんですよ」

「チャー・ワラ！　きみか！」

おじいちゃんは大きな声で言った。

「チャー・ワラ？　いったいどういう意味？」

ジャックはきいた。初めてきく言葉だ。

ラジが小声で説明した。

「インドにいる父親にきいてみたんだ。インドでお茶を出す男性のことをそうよぶらしい。第二次世界大戦のあいだ、イギリスの兵士たちにお茶を出すことがあったそうなんだ。おじいさんは最近、日に日に頭がこんがらかってるみたいだよ」

「なんだって、チャー・ワラ？」

おじいちゃんは大きな声できくと、賞味期限切れのチョコレートを勝手にとりはじめた。

「なんでもありません！」

ラジはそう答えてから、ジャックにむかって声をひそめて言った。

「最近、うまく合わせてしゃべったほうが楽だってことに気づいたんだよ」

「ぼくもだよ。今からおじいちゃんを上の階に連れていくのに、手を貸してもらえるかな」

「もちろんだ。その前に、一九七五年のラジオ・タイムズ【注：テレビ、ラジオ番組を扱う週刊誌】を一部、いかがかな？」

「いらないよ、ラジ」

ラジはあきらめなかった。

「テレビはしょっちゅう再放送を流すからね、今でも使えるかもしれないぞ」

「おじいちゃんを上に連れてかなきゃならないんだってば」

「そうだな。で、このチョコレートがけトフィ・キャンディにはいくらはらうかい？　だれかがチョコをなめちまったうえに、真ん中のキャンディはなくなってるんだが」

ラジはポケットからピカピカのむらさきの紙をとりだした。

「それって、ただの包み紙じゃない！」

「だから、半額なんだよ」

「お菓子《かし》は入ってないのに⁉」

「においを楽しめるよ」

「おしゃべりはそこまでだ、チャー・ワラ！」

おじいちゃんがさえぎった。ポケットに、あとで食べるための賞味期限切れのチョコバーをつめこんでいる。

「そろそろ昼寝《ひるね》の時間なんでな！」

おじいちゃんをベッドに寝《ね》かせるのは、おかしな気持ちだった。ついこのあいだまで、おじいちゃんがジャックを毛布にくるんでくれたのに。今では、ぎゃくになってしまった。このごろ、おじいちゃんは日中もつかれが出るようになり、昼ごはんのあと、毎日一時間、昼寝《ひるね》をしていた。ラジはお店をいったんしめて、おじいちゃんを無事に上の階へ連れていくのを手伝ってくれた。

「仮眠《かみん》ってやつだ！」

おじいちゃんはいつも昼寝《ひるね》のことをそう言っていた。ラジが部屋のすり切れたカーテンをしめ、ジャックは毛布を直してあげた。

「少佐《しょうさ》、わたしのスピットファイアーの燃料を満タンにしておいてくれるか？　緊急《きんきゅう》発進にそなえておかなければならん。ドイツ軍がいつもどってきてもおかしくないからな」

「もちろんだよ、おじいちゃん」ジャックはなにも考えずにそう答えた。

「おじいちゃんとは、だれのことだ？」

おじいちゃんはふいに目をぱっちりと見開いて、たずねた。

「つまりその、もちろん、中佐《ちゅうさ》どののことです、中佐《ちゅうさ》どの」

ジャックはそう答えると、おじいちゃんの空想をこわさないように、敬礼《けいれい》までしてみせた。

「ならいい、少佐《しょうさ》。もう今日は下がれ。わたしはもうへとへとだ！」

そう言って、おじいちゃんはあくびをかみ殺しつつ敬礼《けいれい》を返した。そして目をとじると、たちまちものすごいいびきをかきはじめた。

「ゴォオオオ！　ゴォオオオ！　**ゴォオオオ！　ゴォオオオ！　グオオオオオオ！　グオオオオオ！**」

おじいちゃんの口ひげの先っぽが上下しはじめると、ジャックとラジは足音をしのばせて部屋をあとにした。

13 ながぐつ

新聞店にもどると、ラジは古い木箱を二つ出して、ひとつをジャックに勧《すす》め、もうひとつに腰《こし》をおろした。それから、食べるものはないかとそのへんをひっかきまわし、なぜか暖房機《だんぼう》のうしろに入りこんでいた、つぶれたイースター・エッグと、半分残っていたチーズ風味のビスケットの袋《ふくろ》を出してきた。

「昨日の夜、パパに電話してくれて、ありがとう」

「とうぜんのことだよ、パンティーグぼっちゃん。本当のことを言うと、暗くなってからおじいさんがふらふら出ていってしまったのは、これが初めてじゃないんだ」

「知ってるよ」

ジャックは不安で顔をくもらせた。おじいちゃんの年齢《ねんれい》の人が真冬の夜に行方不明になったりしたら、命とりになりかねない。

「これまではなんとか追いかけていって、部屋まで連れ帰ることができてたんだ。見てのとおり、ほら、体格からしてスポーツマンの体格だろ?」

そう言って、ラジはぴしゃりとおなかをたたいてみせた。おなかは、巨大なゼリーみたいにふるふるとふるえ、そのあとも地震《じしん》の余震《よしん》みたいにしばらくゆれていた。

「しかし、昨日の夜は追いつけなかったんだ。リキュールチョコを食べちまって、ちょっと足元がふらついていたんでな」

リキュールチョコでよっぱらったりするんだっけ？

「どのくらい食べたの？」

「三つだけだ」ラジはなに食わぬ顔で答えた。

「三つなら、アルコールの量はそんなにないよね？」

ラジは告白した。

「いや、三箱だ。おかげで今日は二日酔《よ》い気味だよ。クリスマスに売れ残って、賞味期限が切れちまったんでね」

「だけど、まだ一月だよ」

「一九七九年のクリスマスだ」

「うわっ」

「色も白くなっちゃってね。まあとにかく、なんとかベッドから出て、服を着て、よろよろしながら表に出たときには、おじいさんはもういなくなっていたんだ。追いかけてあちこちいってみたんだが、影《かげ》も形もなくてね。きみのおじいさんは動きがすばやいんだよ。頭の中はこんがらがってしまっているかもしれんが、からだは元気だからね。だから、部屋にもどって、電話帳で探《さが》したんだが、プリントミスがあったよ。『パンティーグ』じゃなくて、『バンティング』になってたんだ」

ジャックはラジのまちがえを指摘《してき》しようとしたけど、話をさえぎるのはやめておくことにした。

「それでもなんとか電話番号を見つけて、お父さんに電話したんだ。お父さんは車で探《さが》しにいくと言っていたよ。それで思いだしたんだが、けっきょくおじいさんはどこで見つかったんだい？」

「町じゅう探《さが》したんだ。だけど、探《さが》すところがちがった。ぼくたちは下ばかり見てたけど、上を探《さが》さなきゃいけなかったんだ」

ラジはポリポリと頭をかいた。

「どういうことだい？」

そして、チーズ・ビスケットを口に放りこみ、「ふさふさのカビがびっしり生えちまってね」と言って、ごくりと飲みこんだ。

「おじいちゃんはいつも『**高く、高く、そしてかなたへ**』って言ってる。イギリス空軍のパイロット時代、離陸《りりく》するときにそう言ってたんだって」

「それで？」

「それで、きっとどこか高い場所にいるんじゃないかって思ったんだ。でさ、この町でいちばん高いところはどこだと思う？」

ラジは一瞬《いっしゅん》、考えたけど、すぐに言った。

「あそこの、〈ベイビー・グミ〉のびんが置いてある棚《たな》はかなり高い。びんをとるには、脚立《きゃたつ》がいるしね」

ジャックはじれったそうに首を横にふった。

「ちがうよ！　教会の尖塔《せんとう》だよ」

「なんと！　どうやってそんなところまで？」

「のぼったんだよ。おじいちゃんは空にふれたかったんだ。高いところにいると、スピットファイアーを操縦《そうじゅう》している気になれるんだと思う」

「なんと、まあ。教会の尖塔《せんとう》のてっぺんで、飛行機を操縦《そうじゅう》している気になる？　死なずにすんでよかったよ。ここのところ、おじいさんの症状《しょうじょう》はどんどん悪くなっているような気がするな」

本当のことを言われて、ジャックは暴走列車にひかれたような衝撃《しょうげき》を受け、みるみる涙《なみだ》がわきあがった。ラジは反射的《はんしゃてき》にジャックの肩《かた》にうでを回した。

「ほらほら、ジャック、泣いていいんだよ。使用ずみのティッシュを買うかい？」

知らない人が鼻をかんだティッシュで涙《なみだ》をふくなんてごめんだ。

「いらないよ、ラジ。とにかく、ママとパパは、おじいちゃんを新しくできた老人ホームに入れたがってるんだ。**〈たそがれホーム〉**ってところ」

「そりゃ大変だ」ラジはぼそりとつぶやいて、首をふった。

「なにかあるの？」

「すまんがね、パンティーグぼっちゃん、あの建物の見かけが気に入らないんだよ。ぞっとするんだ！」

「荒野のはずれにあるやつのことだよ」

ラジはブルっとふるえると、しかつめらしく言った。

「このへんじゃ、〈**たそがれホーム**〉から出るには棺《かん》おけに入るしかない、って言ってる人もいるよ」

「うそだろ！　じゃあ、絶対おじいちゃんをいかせるわけにはいかないよ。だけど、パパとママはもう決めちゃったんだ。すっかりその気なんだよ」

「おじいちゃんを引きとって、いっしょに住むんじゃだめなのかい？」

それをきいて、ジャックの顔がぱっと輝《かがや》いた。

「それがいい！」

「インドじゃ、そうするよ。若い者が、お年よりのめんどうを見るんだ。わたしも、年とった伯母《おば》といっしょにくらしてる」

「知らなかったよ」

「デュディおばさんというんだ。おばさんは部屋から出られないんだよ」

「年とってるから？」

「いや、大きすぎるからだ」ラジは声をひそめて言うと、天井《てんじょう》を見あげた。

「むかしから大柄《おおがら》だったんだが、お菓子《かし》を売ってる店の上に住んでから、風船みたいにふくらんじゃってね。外に出たいって言われたら、クレーンを借りてきて、壁《かべ》をぶちこわさなきゃ」

ジャックは思わずその場面を思い描《えが》いた。あざやかなサリー【注：インドの女性の民族衣《い》装《しょう》】を着た大柄《おおがら》な女の人がクレーンで外の通りにおろされているところだ。でもまたすぐに、目の前の問題のことを思いだした。おじいちゃんのことだ。

「うちには空いてる部屋はないけど、ぼくのベッドは二段ベッドなんだ。昨日の夜も、おじいちゃんはうちに泊《と》まったんだよ。つまり、これからずっと泊《と》まったっていいってことだ！　ラジ、ラジは天才だよ！」

「わかってるさ」

「急いで家に帰って、ママとパパに話すよ」

「そうするといい」

ジャックはお店のドアにかけよった。

「ご両親に、近いうちにうちの店によるように伝えておいてくれ。ヨーグルトの大特売をしてるところなんだ。まあ、ヨーグルトというか、正確には先月の牛乳で……」

けれども、ラジが最後まで言う前に、ジャックはもう外へ飛びだしていた。

14 大喜び

いうまでもなく、おじいちゃんとくらしたいと言うと、パパとママは最初、かなり渋《しぶ》った。けれども、ジャックの熱心な説得に、最後にはおれた。ジャックの部屋で寝《ね》れば、おじいちゃんが場所をとることもない。それに、学校以外のときは自分がめんどうを見ると、ジャックは約束した。ついにパパとママが認めてくれると、ジャックはうれしくてうれしくて、リビングじゅうをとんぼがえりして回りたいくらいだった。

「おためし期間だからね」ジャックのママは念をおした。

「それに、いつまでわたしたちだけでめんどうが見られるかもわからないからな。お医者さんはみんな、おじいちゃんの症状《しょうじょう》はだんだん悪くなると言ってる。うまくいかなかったときに、おまえにがっかりしてほしくないんだ」パパも悲しそうに言った。

「今度また夜にいなくなったら、それでおしまいだからね。そのときはすぐさま〈**たそがれホーム**〉にいってもらいます！」

「もちろんだよ、わかってる。おじいちゃんはぼくの部屋で寝《ね》るんだ。もう二度と、あんなことにはならないようにするから！」

ジャックはおじいちゃんにこのすてきなニュースを伝えようと、家を飛びだすと、満面の笑みを浮《う》かべておじいちゃんのアパートまで走っていった。

15

ゾウみたいないびき

ジャックはおじいちゃんを手伝って、小さなアパートから持っていくものを用意した。

おじいちゃんは、思い出のほかはほとんどなにも持っていなかった。飛行機用ゴーグルに、口ひげ用のワックス、それに、スパム缶《かん》ひと缶《かん》だ。用意ができると、二人はおじいちゃんの「新宿舎」まで歩いていった。

二階のジャックの部屋に入るとすぐに、二人は第二次世界大戦のパイロットごっこをはじめた。本当なら何時間も前にベッドに入っていなきゃならない時間だったけど、二人はともに大空へ飛び立った。おじいちゃんは愛機スピットファイアー、ジャックは高速のハリケーン戦闘機《せんとうき》だ。「**高く、高く、そしてかなたへ！**」と大声でさけび、強敵《きょうてき》ドイツ軍に突撃《とつげき》する。そんな調子で大さわぎしたものだ

から、近所じゅうを起こしてしまうところだった。ジャックは、泊《と》まりにさそうような親しい友だちがいなくたってかまわないと思った。だってこんなに楽しいんだから！　二人のエース・パイロットが想像上の戦闘機《せんとうき》を着陸させたとたん、ドンドン！　と、部屋のドアをたたく音がして、ママがどなった。

「明かりを消しなさい！」

「あのいまいましい女中は、少しはおとなしくしてくれんかね」おじいちゃんは言った。

「きこえてますからね！」ドアのむこう側からママの声がひびいた。

おじいちゃんいわく「士官用の食堂」で、懐中電灯《かいちゅうでんとう》の明かりでトランプをしたあと、お

じいちゃんは窓辺《まどべ》へいって、なにもない空を見あげた。暗闇《くらやみ》の中でうっすらと星がまたたいているのが、見えるだけだった。

「なにをしてるんですか、中佐《ちゅうさ》どの？」

「敵機《てきき》の音がきこえないか、確認しているんだ」

「なにかきこえますか？」

ジャックはわくわくしてきいた。二段ベッドの上にのぼり、あぐらをかくと、天井《てんじょう》からつりさげられた模型《もけい》飛行機がゆれた。

「シイイイイイ。ドイツ軍のパイロットはエンジンを切って、滑空《かっくう》飛行するときがあるのだ。やつらの得意技は奇襲《きしゅう》だからな。その場合、翼《つばさ》が風を切る音をききとるしかないんだ。いいか、耳をすませてみろ……」

ジャックは頭の中を空っぽにして、きくことだけに集中した。よくよく考えれば、バカみたいだ。一九八三年の今、もう半世紀近くイギリスの上空を飛んでいない戦闘機《せんとうき》の音に耳をすませるなんて。けれども、おじいちゃんの頭の中では現実そのものだから、ジャックも思わず信じてしまいそうになる。

「今夜、攻撃《こうげき》する気なら、とっくにここまできているはずだ。今夜はねむろう。敵《てき》は夜明けの爆撃《ばくげき》を計画しているかもしれないからな」

「わかりました、中佐《ちゅうさ》どの」

寝《ね》るときに敬礼《けいれい》するのが正しいのかよくわからなかったけど、ジャックはおじいちゃんにむかってさっと手をあげた。おじいちゃんはまどをしめて、二段ベッドのほうへ歩いてきた。

「では、おやすみ、少佐《しょうさ》。きみがいびきをかかないことを祈《いの》るよ。いびきをかくやつには、がまんならんのでな」おじいちゃんはそう言って、明かりを消した。

そしてたちまちねむりに落ちると、オスのゾウなみのいびきをかきはじめた。

「**グォオオオオオオオ。グオオオオオオオオオ。グオオオオオオオオオオオオオオオオオオオ**」

口ひげの先が、蝶《ちょう》の羽みたいにはためいている。

ジャックは二段ベッドの上でまんじりともせずに横たわっていた。あたりをゆるがすようないびきの音にもかかわらず、幸せな気持ちでいっぱいだった。おじいちゃんを〈**たそ**

がれホーム〉に送られる運命から救ったのだ。ひとつ屋根の下に家族全員が集まったのだと思うと、おなかのあたりがふわふわとあたたかくなったような気がするのだった。

まくらに頭をのせた。その下には、部屋のかぎがかくしてある。パパとママに、おじいちゃんが夜中に外をほっつき歩くようなことは二度とないと約束したのだ。だから、おじいちゃんが見ていないすきに、ドアにはしっかりかぎをかけておいた。

暗闇《くらやみ》の中で模型《もけい》飛行機がゆっくりと回っているのを見あげる。あれが本物だったらいいのに。目をとじて、戦闘機《せんとうき》のコクピットにすわり、雲の上まで飛んでいくところを想像する。そのうちジャックは深いねむりに落ちていった。

16 空っぽのベッド

ジリジリジリジリジリジリ！

はっと気づくと、目覚まし時計のベルが鳴っていた。いつもの平日の朝七時と同じだ。二段ベッドの上に横になったまま、手探《てさぐ》りでイギリス空軍のゼンマイ式目覚まし時計を見つけ、スイッチを切った。まだ目はとじていたけど、おじいちゃんが下のベッドで寝《ね》ていることを思いだした。じっとからだを動かさないようにして、おじいちゃんのいびきに耳をすます。へんだぞ、とジャックは思った。なにもきこえない。でも、まくらの下にかくしたかぎはちゃんとある。ドアにはかぎがかかっているはずだ。おじいちゃんが外に出ているはずがない。

そして、ふいに寒いことに気づいた。猛烈《もうれつ》に寒い。毛布の表側が氷みたいに冷えきっている。天井《てんじょう》の模型《もけい》飛行機にもうっすら霜《しも》がついていた。外と同じくらいの温度になってる。

そのとき、ヒュウウウウと冬の風がふいてきて……カーテンがはためいた。まどが開いてる！　しばらくのあいだ、ジャックは下のベッドを見ることができなかった。のろのろと勇気をかき集め、深く息をすいこむ。そして、下のベッドをのぞきこんだ。

空っぽだ。

ベッドはきちんと整えられ、だれも寝《ね》ていなかったように見えた。おじいちゃんらしい。

真夜中に大胆《だいたん》にもぬけだすというときでさえ、ベッドをぐしゃぐしゃのままにしておけなかったのだ。イギリス空軍ですごした日々のおかげで、おじいちゃんは整理整頓《せいとん》についてはかなりやかましくなっていた。

ジャックはベッドから飛びおりて、まどへかけよった。通りぞいの霜《しも》のおりた庭に目を走らせ、おじいちゃんの姿《すがた》を探《さが》す。次に、木や屋根や街灯におじいちゃんがのぼっていないかと、順々に見ていく。いない。庭のむこうは公園だ。まだ朝早いから、だれもいない。広々としたしばふは厚い霜《しも》でおおわれていたけど、足あとがついているようすもない。

おじいちゃんはずいぶん前に出ていったということだった。

17 見つからない

おじいちゃんが見つからないまま、数日がすぎた。町の人たちは捜索《そうさく》隊を結成し、警察《けいさつ》がよばれ、ジャックは地元のニュース番組に出て、おじいちゃんが無事に帰ってくることを祈《いの》っていると涙《なみだ》ながらにうったえた。

でも、見つからなかった。

ジャックの話をきいて、半径数キロ以内の高い場所はすべて捜索《そうさく》された。丘《おか》の頂上や高い建物の屋根、教会の尖塔《せんとう》はもちろん、電気の鉄塔《てっとう》まで調べられた。

それでも、見つからなかった。

ジャックは、探《さが》し人のポスターを作った。学校で何百枚もコピーして、三輪車で町じゅうを回って、木という木、街灯という街灯に、片っぱしからはりつけた。

それでもまだ、見つからなかった。

電話や玄関《げんかん》のベルが鳴るたびに、どうかおじいちゃんについての知らせでありますようにと祈《いの》りながら走っていって、受話器をとり、ドアをあける。でも、おじいちゃんの消息はつかめなかった。

自分のせいだという気持ちにさいなまれ、夜は泣きながらねむった。ママとパパはそうじゃないと言ってくれたけれど、どうして二人の言うことをきかなかったんだろうと、そればかり思うのだった。おじいちゃんにとっては、老人ホームに入るのがいちばんよかったのかもしれない。少なくとも老人ホームにいたら、安全だ。認めるのはいやだけど、もう家族ではおじいちゃんのめんどうを見きれないのかもしれない。

日ごとに、おじいちゃんがいないというさみしさはつのっていった。

しかも、しばらくしてジャックはおそろしいことに気づいてしまった。それでも世界は回りつづけるということに。ママとパパはまた仕事にいくようになり、町の人たちもそれぞれの生活にもどっていった。行方不明の老人のことは、むかしのニュースとなった。なによりもつらいのは、なにもわからないことだった。おじいちゃんは二度ともどってこないのだろうか？　それとも、どこかをさまよっていて、助けを求めているのか？

ジャックはしぶしぶとまた学校に通いはじめた。なにもないときだって集中するのはむずかしかったのに、今では授業なんて頭に入らない。どの科目のときも、考えるのはおじいちゃんのことばかりだった。

毎日学校が終わると、ラジのところによって、なにか知らせがないかたずねた。

リンリン！

ジャックがお店に入ると、入り口のベルが大きな音を立てた。おじいちゃんがいなくなってから、まるまる一週間がたっていた。

「ああ！　パンティーグぼっちゃん！　わたしのいちばんのお気に入りのお客さんじゃないか！　寒いから中にお入り！」カウンターのうしろからラジがよびかけた。

心がしずみ切った状態では、失礼にならないようにうなずいてみせるだけで、せいいっぱいだった。

「今日もぜんぶの新聞に目を通したが、残念ながらおじいさんのことらしき記事はなかったよ」ラジは言った。

「どうしてもわからないんだ！　これまではおじいちゃんがいなくなっても、かならず見つけられたんだ。なのに、今回は、まるで煙《けむり》みたいに消えちゃったんだ」

ラジはしばし考えこみ、集中力を高めようとカウンターから棒《ぼう》つきキャンディをとって、パクッと口に入れた。が、顔がわずかにゆがんだところを見ると、どうやら味が気に入らなかったらしい。ラジはまたすぐにキャンディを口から出すと、元の売り物の列にもどした。

ジャックの学校では、ラジのお店のキャンディは、だれかが先になめているといううわさがあったけれど、これで本当だということがわかった。でも、なぜかそれでラジをきらいになったりはしなかった。

「おじいさんは戦争の英雄《えいゆう》だからな……」ラジは考えこみながらぼそりとつぶやいた。

「そうだよ！　おじいちゃんは空軍殊勲《しゅくん》十字章も持ってるんだ！　パイロットに与《あた》えられ

る勲章《くんしょう》の中では最高のものなんだよ」

「……だから、そんな人がかんたんに人生をあきらめるとは思えないんだよ。おじいさんはどこかにいる。わたしにはわかるんだ」

リンリン！

ここ数日で初めて、ジャックははずんだ足どりで店を出た。少なくとも今では、希望を持っていた。飛行機の低いエンジン音が、空にひびいている。一瞬《いっしゅん》、おじいちゃんがいるような気がして、ジャックは空を見あげた。もちろんスピットファイアーではない。ありきたりの大型ジェット機だった。

「**高く、高く、そしてかなたへ**」ジャックはそっと唱えた。

ラジの言うとおりだ。おじいちゃんはどこかにいるはずだ。

だけど、どこに？

18 ごまかし

ジャックの学校は、めったに遠足にいかない。ロンドンの自然史博物館で、男子生徒がティラノザウルスの標本をすべりおりたあと、校長先生はすべての遠足を禁止し、その先のことは追って通知を出すと言いわたした。次のリストは、この数年のあいだ、ジャックの学校の生徒がやらかした数々の悪事のほんの一部だ。今では、ほとんどが学校の伝説と化している。

①ロンドン動物園にて。女子生徒が、柵《さく》を乗りこえてペンギンのおりに侵入《しんにゅう》。セーターのえりぐりを頭の上までひっぱりあげてよたよた歩き、魚をくわえれば、ペンギンに見えると

①

思ったらしい。
②SFテレビドラマのドクター・フー展にて。複数の男子生徒が、登場キャラのサイバーマンとソンターランと怪人《かいじん》ダレクの衣装《いしょう》を盗《ぬす》み、宇宙人襲撃《しゅうげき》のふりをしてパニックに。
③クリスマスのパントマイム【注：イギリスのクリスマス伝統の小喜劇】観劇にて。生徒二人が馬の衣装《いしょう》を盗《ぬす》む。数か月後、二人が競馬場の障害競走に参加しようとしたことで発覚。
④中世の砦《とりで》にて。先生が大砲《たいほう》から発射されるという不幸な事件が起きる。先生は五キロ先の木の上で発見された。
⑤イギリス海軍の一〇四門一等戦列艦《せんれつかん》ヴィクトリーの見学にて。男子生徒のグループが勝手

②

③

④

に錨《いかり》を引きあげ、沖《おき》へ。どくろ印の旗《はた》をかかげ、海賊《かいぞく》になると宣言《せんげん》。数か月、海をさまよったのち、イギリス海軍の航空母艦《こうくうぼかん》にだ捕《ほ》される。

⑥地元の農場での一日体験にて。地理の先生が羊を洗う液につけられ、頭を丸刈《まるが》りにされるという悲劇が起こる。とはいえ、前年、生徒たちに搾乳機《さくにゅうき》をとりつけられてしまったときよりは、わずかにましか。

⑦国立美術館にて。男子生徒が、超《ちょう》貴重なターナーの傑作《けっさく》にマジックペンで「ギャズ参上」と落書き。最初は自分じゃないと言い張ったが、そののち、ギャズという名前の生徒は彼《かれ》しかいないことを指摘《してき》され、自白。

⑤

⑥

⑦

⑧イングランド銀行見学にて。百万ポンドが消え、学校の評判はがた落ち。算数のパクリ先生はそれでいまだに刑務所《けいむしょ》ぐらし。

⑨消防署見学にて。消防署長さんは、子どもたちにホースを自由に使わせたことを深く後悔《こうかい》するはめに。放水で先生が空中にふきあげられ、水がなくなるまで一時間以上、おりられなくなったため。

⑩ロンドンのマダム・タッソーろう人形館にて。ジャックの学校は永遠に出入り禁止。男子生徒二人が、サッチャー首相のろう人形をこっそり盗《ぬす》みだし、翌日、スケートボードにのせて、首相の学校訪問に見せかけたため。

⑩

⑨

⑧

数々の不法行為《こうい》をものともせず、マコトーニ先生は校長先生に一日見学の解禁を求めた。そしてとうとう、歴史のクラスの生徒をロンドンの帝国《ていこく》戦争博物館へ連れていっていいという許可をもらったのだ。マコトーニ先生は学校一きびしい先生で有名だったから、校長先生も、マコトーニ先生が見張っていれば、そうおかしなことは起こらないと考えたのだろう。

ジャックはおじいちゃんのことで頭がいっぱいだったので、一日見学のことはすっかり忘れていた。朝、学校に着くと、そのままぼーっとした状態でバスに乗りこんだ。ちなみに、生徒たちはみんな、バスが校庭を出もしないうちにお弁当をぜんぶ食べてしまった。まったく、この年ごろの子どもはまるで飢《う》えたノラ犬だ。

帝国《ていこく》戦争博物館にいくことになったジャックの胸《むね》は、ほろ苦い気持ちでいっぱいだった。これまでおじいちゃんと何十回もいった場所だ。今では第二のわが家のようだった。もちろん、おじいちゃんがまだ、自分はジャックのおじいちゃんだとわかっていたころのことだ。

バスが止まると、すぐに見なれた建物が目に入った。正面にローマ建築ふうの柱がならんだ立派な建物で、屋根は緑のドーム型、前庭にはどうどうたる海軍の大砲《たいほう》があって、二つの砲身《ほうしん》が砲口《ほうこう》を空へむけている。

肝心《かんじん》の一日見学は、バスをおりもしないうちからあやうくキャンセルになるところだった。うしろの座席《ざせき》にすわっていた二人の男子生徒がおしりをまどにおしつけて、日本人のお年よりの観光客をからかったのだ。マコトーニ先生は二人に居残りの終身刑《けい》を言いわたすと、バスをおりる前に今日の注意点をおさらいすることにした。

「いいですか、よくきいてください!」

がやがやとうるさい生徒たちの声に負けじと、先生は声を張りあげた。子どもたちといえば、持ってきたお菓子《かし》やチョコバーをむさぼり食って、すっかり興奮《こうふん》状態で、しずかにするどころではない。

「きなさいと言ってるんです!」

先生は大声でどなった。それで、ようやく少ししずかになる。

「今日は、全員、お行儀よくふるまっていただきます。少しでも、悪事をたくらんだり、欺瞞行為《ぎまんこうい》や不正行為《こうい》らしきことがあれば、即《そく》、全員バスにもどってもらいます」

ジャックも、みんなと同じで欺瞞行為《ぎまんこうい》というのがなにかはわからなかったが、値段がつけられないほど高価な恐竜《きょうりゅう》の骨格標本をおしりですべりおりることがふくまれているのは、想像がついた。

「さて、これが作業用紙です！」

マコトーニ先生はＡ４の用紙の束を配りはじめた。生徒たちからあからさまなうめき声があがる。一日見学なんてちょろいと思っていたのに。

「運転手さんもどうぞ」

自分まで用紙をもらい、運転手さんはとほうにくれた顔をした。

「今日、みなさんに学んでほしいのは、三つ

のことです。**一にも事実、二にも事実、三、四がなくて、五にも事実です！」**

ジャックは用紙に目を走らせた。山のような問題がならんでいる。ぜんぶ、たいくつな歴史的事実に関するものだ。年代、名前、場所の名前。これじゃあ、すばらしい展示をながめる時間もない。壁《かべ》の掲示《けいじ》をひとつ残らず読んで、事実、事実、事実を書きとめるだけでせいいっぱいだろう。

帝国《ていこく》戦争博物館は床《ゆか》から天井《てんじょう》まで、戦車と武器と軍服でうめつくされていた。むかしのものも今のものもある。ジャックがいちばん好きなのは、天井《てんじょう》から戦闘機《せんとうき》がつるされている中央ホールだ。これのまねをして、部屋の天井《てんじょう》から模型《もけい》飛行機をつりさげたのだから。

博物館は、世界でも有数の戦闘機《せんとうき》のコレクションを持っていた。イギリスのソッピースキャメル、ドイツのフォッケウルフ、アメリカのムスタング。そして、いちばんいい場所に、もっとも有名な伝説的戦闘機《せんとうき》、スピットファイアーがかざられていた。

スピットファイアーをふたたび目にすると、ジャックの心は歌いはじめた。スピットファイアーのおかげで、おじいちゃんがすぐそばにいるような気持ちになれたから。

19 猛禽《もうきん》のよう

生徒たちのほとんどは、できるだけ早く博物館を通りぬけたいと思っていた。それで、まっすぐギフトショップへいって、展示とはまったく関係ないものにおこづかいを使うのだ。アイスクリームの形をしたへんなにおいの消しゴムを買って、帰り道ずっとにおいをかぐとか！

でも、ジャックはただスピットファイアーを見られれば、それでよかった。スピットファイアーはいつだってそのくらい魅力《みりょく》があった。でも、今日は特に強く引きよせられるような気がした。たしかにスピットファイアーは、死と破壊《はかい》をもたらすために作られた戦闘《せんとう》機《き》だけれど、同時に、すばらしく美しかった。ふたたびスピットファイアーを見て、なぜこの戦闘機《せんとうき》がほかの機をさしおいて伝説になったのか、わかるような気がした。

ああ、空を飛ぶことができたら！

「高く、高く、そしてかなたへ」

ジャックは思わずつぶやいた。この偉大《いだい》な軍用機が博物館でほこりをかぶっているなんて、いたたまれない。本当なら、大空にエンジン音をひびかせているはずなのに。

どの角度から見ても、スピットファイアーはほれぼれするほどすばらしかった。下から見ると、胴体《どうたい》はシャチみたいに白くすべすべしている。翼《つばさ》はがんじょうで力強く、猛禽類《もうきんるい》のようだ。ジャックがいちばん好きなのは、木製のプロペラ部分だった。戦闘機《せんとうき》の鼻面にとりつけられたプロペラは、軍人のひげのようで、スピットファイアーをただの機械《マシン》ではなく人間のように見せていた。

中央ホールは天井《てんじょう》が高く、階段をあがると、上の通路からも展示を見られるようになっていた。そこからだと、天井《てんじょう》からつりさげられているさまざまな戦闘機《せんとうき》をよく見ることができる。ジャックもスピットファイアーをじっくり見ようと上にのぼったが、おかしなことに気づいた。スピットファイアーのコクピットについている風防ガラスがくもっている。つまり、内側でなにかが熱を発しているということだ。

さらにへんなのは、コクピットからきこえる音だった。いびきにそっくりだ。

グォオオオオオオオ！　グォオオオオオオ！　グォオオオオオ！

スピットファイアーの中でだれかがねむっているのだ！

20　規則違反《いはん》

「ジャック、いきますよ！」

マコトーニ先生は下から声をかけると、となりの部屋へ入っていった。

「すぐいきます！」

ジャックは下へ向かって大きな声で言ったけれど、まだいくつもりはなかった。本当にスピットファイアーの中でだれかが寝《ね》ているのか、たしかめなければならない。

「だれかいますか？」ジャックは戦闘機《せんとうき》のほうへむかってさけんだ。

グウォオオオオオオ！　グォオオオオオオオ！

　返事はない。

「もしもーし！」

　さっきより大きな声で、もう一度よびかけた。

グォオオオオオオオオ！　グォオオオオオオオ！

グォオオ

オオ！

やっぱり返事はない。

通路からだと、スピットファイアーまではとどかない。走っていってジャンプするのは、命がけだ。戦闘機《せんとうき》はどれも、床《ゆか》からはるか高いところにつりさげられている。

けれども、ソッピースキャメルは通路からそんなに遠くない。なんとかソッピースキャメルによじのぼれば、その上をはっていって、となりの戦闘機《せんとうき》に乗りうつれる。そうやって、戦闘機《せんとうき》伝いにいけば、スピットファイアーまでたどりつけるはずだ。

ジャックは、架空《かくう》の戦闘機《せんとうき》に乗っているときはいくらでも勇敢《ゆうかん》になれる。でも、現実の生活では、勇敢《ゆうかん》どころか内気で、どちらかというと臆病《おくびょう》なくらいだった。これから、あらゆる規則をやぶらなければならないのだ。

深く息をすいこむ。下を見ないようにして、通路の手すりを乗りこえた。一瞬《いっしゅん》目をとじてから、第一次世界大戦の複葉機の翼《つばさ》にむかってジャンプした。

ドサッ。

ソッピースキャメルはほとんど木でできているので、ジャックが思っていたよりもはるかに軽かった。ジャックの体重で、戦闘機《せんとうき》はぐらりとゆれた。一瞬《いっしゅん》、落ちる、と思った。床《ゆか》まで真っさかさまだ。が、頭をすばやくめぐらせ、両手両ひざをついて体重を分散した。そしてそのまま、カニのように横ばいに翼《つばさ》の上を伝い、となりの戦闘機《せんとうき》のそばまでいった。となりは、ドイツ軍のおそるべきフォッケウルフだ。乗りうつるには、ジャンプするしかない。ふたたびジャックは深く息をすいこんで、ジャンプした。

ドサッ。

ジャックはフォッケウルフの翼《つばさ》に飛びうつった。これで、スピットファイアーまであと一機だ。今や、コクピットのいびきの音が大音量できこえてくる。

グォオオオ！

オスのゾウがいるなら別だけど、そうじゃないとしたら、この音はよぉーく知っていた……。

21 ジャングルの雄叫《おたけ》び

「おい、そこのおまえ！」

中央ホールにどなり声がひびきわたった。

ジャックは息をのんで、フォッケウルフの翼《つばさ》から下をのぞいた。ジャックはこれまで問題を起こしたことなんてない。なのに、よりにもよって帝国《ていこく》戦争博物館で、超《ちょう》高価な年代物の戦闘機《せんとうき》の翼《つばさ》から翼《つばさ》へ飛びうつるというとんでもないことをやらかしているのだ。

下から、超《ちょう》特大サイズの警備《けいび》員がこちらを見あげていた。ジャングル一大きいゴリラをつかまえてきて、警備《けいび》員の制服を着せ、制帽《せいぼう》をかぶせたみたいだ。鼻から真っ黒いふさふさした鼻毛が飛びだし、首や耳にも毛が生えている。

「ぼくのこと？」

まるで帝国《ていこく》戦争博物館の天井《てんじょう》からつりさげられている第二次世界大戦の戦闘機《せんとうき》の翼《つばさ》の上

にしゃがみこんでいるのはまったくふつうのことだといわんばかりに、ジャックはきき返した。

「そうだ！　おまえだ！　おりてこい！」

「今ですか？」

それでもジャックは、なんでそんなにさわいでいるかさっぱりわからないという口調できき返した。

「決まってるだろ！」

ますます怒《おこ》ったせいで、警備《けいび》員の声はジャングルの雄叫《おたけ》びみたいになった。

その声の大きさに、博物館のお客がいっせいに中央ホールへもどってきた。ジャックの学校の子どもたちは、信じられない思いでクラスメイトの姿《すがた》を見つめた。ジャックははずかしさで真っ赤になった。すると、マコトーニ先生が長いスカートで床《ゆか》をはらうようにして部屋に飛びこんできた。

「ジャック・バンティング！」

先生はかんかんだった。しかるとき、なぜか先生っていうのはフルネームを使う。

「今すぐそこからおりてきなさい。わが校の評判を落とすつもりですか！」

もともとジャックの学校の評判は最低だったので、これ以上評判を落とすなんてむりだとジャックは思ったけど、今はそんなことを言っているときでも場所でもなかった。

そう、それよりもっと大切なことがある。

「先生、どうしてもスピットファイアーに飛びうつらないとならないんです。そうしたら、すぐにおりると約束しますから！」

生徒たちのあいだにクスクス笑いが広がった。でも、見あげるような大男の警備《けいび》員は、ちっともおもしろそうではなかった。そして、ぴょんぴょんとはねるように階段をのぼりは

じめた。外見だけじゃなくて運動能力もゴリラなみらしい。あっという間にソッピースキャメルの翼《つばさ》に飛びうつったが、どうやら体重もゴリラなみにジャックの十倍くらいあって、複葉機はブンブンと左右にはげしくゆれてとなりの戦闘機《せんとうき》にぶつかった。

ガツン!

その衝撃《しょうげき》で、ジャックが乗っかっていたフォッケウルフがものすごい勢いで反対側へゆれた。

ブウン!

ジャックは完全にバランスをくずし、よろめいて、足をすべらせた。が、なんとか指の先で、フォッケウルフの翼《つばさ》にぶらさがった。

「うわあああ!」ジャックは悲鳴をあげた。

「しっかりつかまって!」

下からマコトーニ先生がさけぶ。帝国《ていこく》戦争博物館の中央ホールはじまって以来の大事件だ。

「学校の一日見学で生徒が亡《な》くなったりしたら、わたしの面目丸つぶれですからね!」

ジャックは、指が一本、また一本とフォッケウルフの冷たい金属の翼《つばさ》からはずれていくのを感じた。

「そこから動くな！」

警備《けいび》員がうなるように言った。

動けるわけないだろ⁉　ジャックは心の中で思った。

床《ゆか》は、はるか

とおくにあった。

22 仮眠《かみん》

まさにそのとき、スピットファイアーのコクピットの風防ガラスが開くのが見えた。

「なんのさわぎだ？　パイロットにゆっくり仮眠《かみん》もとらせてくれないのか？」

「おじいちゃん！」

ジャックは喜びの声をあげた。とうとうおじいちゃんが見つかったのだ！

「おじいちゃんとはだれのことだ？」

最近じゃ、おじいちゃんはそうよばれても答えないのはわかってたけど、そんなことが頭からふっとんでしまうときもあるのだ。

「中佐《ちゅうさ》どの！」ジャックは言い直した。

「それでいい！」

おじいちゃんはそう言うと、コクピットからはいでて、スピットファイアーの翼《つばさ》の上にすっくと立った。そして、下を見て、空中に浮《う》かんでいることに気づいた。

「なんと！　飛行中じゃないか！」

おじいちゃんはひとりごちると、またコクピットの中にもどろうとした。

「いいえ、もう飛んでいません、中佐《ちゅうさ》どの！」

ジャックはおじいちゃんのまちがいを正した。

おじいちゃんはどんどん増えていくやじ馬たちを見おろした。

「珍妙《ちんみょう》だな」

「えっと、中佐《ちゅうさ》?」

なんとかおじいちゃんに話をきいてもらわなければならない。

おじいちゃんはジャックの声をきいて、ふり返った。そして、指の先だけで翼《つばさ》にぶらさがっているのに気づいた。

「少佐《しょうさ》、いったいそんなところでなにをしているんだ? 手を貸そう」

そして、スピットファイアーの翼《つばさ》の上をそろそろと歩いて、フォッケウルフからぶらさがっているジャックのところまでやってくると、孫息子の手をがっしとつかんだ。おじいちゃんは年よりだけど、びっくりするくらい力が強い。一方、ジャックは運動は得意ではなかったので、助けてもらって心底ほっとした。

おじいちゃんはグイとひと引きで、ジャックをスピットファイアーの翼《つばさ》の上にひっぱりあげた。地上の子どもたちから、わあっという声があがり、拍手《はくしゅ》と歓声《かんせい》がわきおこった。

ジャックはなにも考えずにおじいちゃんにうでを回し、ぎゅっとだきしめた。おじいちゃんが行方不明になって一週間以上たち、もう二度と会えないかもしれないと思っていたのだから。

「少佐《しょうさ》、まだ戦争は終わっとらんぞ！」

おじいちゃんは言うと、腰《こし》に巻《ま》きついたジャックの両うでをそっとほどいた。二人はむかいあって、敬礼《けいれい》した。

ふいにうしろからうなり声がした。

「おまえたち、このままじゃすまさんぞ！」警備《けいび》員だ。

半人半ゴリラはフォッケウルフの上を走ってくると、スピットファイアーの翼《つばさ》に飛びうつった。三人の体重で、戦闘機《せんとうき》をつりさげているケーブルがピンと張って、

グーン！とのび、

キャー！と悲鳴があがって、

ブチン！と切れた。

スピットファイアーの翼《つばさ》が大きく下にかたむき、戦闘機《せんとうき》はかろうじてケーブル一本でぶ

らさがった。
三人が翼《つばさ》の上をすべっていくのを見て、人々が息をのむ。
おじいちゃんがなんとかプロペラにつかまり、ジャックはなんとかおじいちゃんのスリッパをつかんだ。そして、警備《けいび》員はなんとかジャックの足首をつかみ、三人は空中ブランコ乗りみたいにブラーンブラーンと左右へ大きくゆれた。

「手をはなすな、少佐《しょうさ》！」おじいちゃんは上からさけんだ。

「中佐《ちゅうさ》こそ、はなさないでください！」ジャックが上へむかって返す。

「わあ、死にたくない！」警備員《けいび》は滝《たき》のような涙《なみだ》をこらえきれずにわめく。

「下を見なさい！」マコトーニ先生の落ち着いた声がひびいた。

「むりだ！」警備員《けいび》は恐怖《きょうふ》で目をぎゅっとつぶったまま、さけぶ。

「まったく！　床《ゆか》まで三センチほどしかありませんよ」先生はため息まじりに言った。

警備員《けいび》はゆっくりと目をあけて、下を見た。人間鎖《くさり》のいちばん下にいる警備員《けいび》のくつは、床《ゆか》すれすれのところでゆれていた。

「あれ⁉」

警備員《けいび》は顔を真っ赤にした。大勢の生徒たちに、わあわあ泣きわめいているところを見られてしまったのだ。警備員《けいび》は一、二の三でジャックの足首をはなし、すぐ下の床《ゆか》に着地した。そして、先生に言った。

「命の恩人です」

のどをつまらせながらそう言うと、警備員《けいび》はマコトーニ先生を太いうででぐっとだきしめたので、先生は宙に持ちあがってしまった。

「メガネがわれてしまいます！」

先生はさけんだ。今のさわぎで、ひどく気まずかったし、生徒たちと目が合うと、みんなクスクス笑っている。いつもはお上品な先生が男の人にだきしめられているのだ。

「ぼくたちはどうすれば？」

ジャックはおじいちゃんの足をつかんだまま、下にむかってさけんだ。

警備《けいび》員は、マッチョなイメージをとりもどそうとした。

「おれが受け止めてやる！　三つ数えるんだ。一、二の三……」

「いくぞ！」

おじいちゃんはさけぶと、警備《けいび》員が最後まで数える前に、手をはなした。

まばたきする間もなく、ジャックが、そして、おじいちゃんが、警備《けいび》員の上に落っこちた。警備《けいび》員の大きなからだは、マット代わりにぴったりだった。

ドサドサドサッ！

いっぺんに二人に乗っかられて、警備《けいび》員は気絶してしまった。博物館の床《ゆか》に大の字にのびている警備員《けいび》を見て、マコトーニ先生はみんなに申しわたした。

「下がって！　人工呼吸《こきゅう》をしないと！」

そして、マコトーニ先生は身をかがめると、警備員《けいび》の肺《はい》に息を送りこんだ。警備員《けいび》は気を失っていただけなので、すぐに意識をとりもどした。

「ありがとうございます。ええと、お名前は？」

「マコトーニよ。でも、どうぞマーコとよんで」

「ありがとう、マーコ」

二人はにっこりほほえみあった。

そして、顔をあげた先生は、おじいちゃんに気づいた。

「ああ、またあなたですか、バンティングさん！　そうよね、そうに決まってるわ！」

警備員《けいび》は床《ゆか》に大の字になっているし、値段のつけられないほど高価なスピットファイアーはケーブル一本でぶらぶらぶらさがっているし、という状態では、なにごともないようにふるまうしかない。ジャックは明るい声で言った。

「さあ、これでバトル・オブ・ブリテンについては勉強できましたね、マコトーニ先生。

次はなんですか?」

「次は……警察《けいさつ》です!」

23 木の実とベリーと

たいていの子どもと同じで、ジャックもむかしからパトカーに乗ってみたいと思っていた。とはいえ、想像していたのは、前の席にすわって悪者を追いかけているところであって、うしろの座席《ざせき》で逮捕《たいほ》されたばかりの家族と乗るところではなかった。

パトカーはサイレンをひびかせながらロンドンの街を走りぬけた。ロンドン警視庁《けいしちょう》に取り調べのために連れていかれることになったのだが、おじいちゃんは「敵《てき》」につかまったと思っているようだ。おじいちゃんの容疑《ようぎ》は「器物損壊罪《そんかいざい》」。ジャックはおまわりさんに、警備《けいび》員の体重があそこまで重くなければ、スピットファイアーのケーブルは切れなかったと説明しようとした。だとしても、おじいちゃんが罪をまぬがれるわけじゃないのはいうまでもない。おまわりさんは、ものすごくまじめそうな人で、ハンドルをにぎったまま、警察署《けいさつ》に着くまでひと言もしゃべらなかった。

ジャックは、パトカーのうしろの席でならんですわっているおじいちゃんに言った。

「おじい――――えっと、中佐《ちゅうさ》どの？」

「なんだ？」

「どうしてスピットファイアーのコクピットでねむってらしたんですか？」

さわぎの中ですっかりきくのを忘れていたのだ。

おじいちゃんは一瞬《いっしゅん》、めんくらったようだった。一週間も行方不明だったのだ。帝国《ていこく》戦争博物館は、ジャックのうちから数十キロはなれている。

「すべては、敵陣《てきじん》のうしろにパラシュートでおりたときからはじまったのだ……」

おじいちゃんは話しはじめた。すっかり頭がこんがらがって、なんとかこの一週間の出来事をつなぎあわせようとしている。

パラシュートっていうのは、部屋のまどから飛びおりたときのことだな。ジャックは考えた。

「わたしは何時間も歩きつづけた。大通りはさけて、できるかぎり野原や森を歩くようにした。イギリス空軍のパイロットは、占領地《せんりょうち》にいるときはそうするよう訓練されているからな」

だから、だれもおじいちゃんのことを見かけなかったのか。

ジャックはおじいちゃんのスリッパを見た。どろがこびりついて、中まで水がしみこんでいる。

「だけど、食べ物は?」

「木の実や野生のブルーベリーやブラックベリーを食べ、雨水を飲んだ」

「寝《ね》るときは野宿?」

「そうに決まってるだろう、少佐《しょうさ》! きみもイギリス空軍にいるときはそうだろう?」

「いいえ、野宿したことはありません」

ジャックははずかしかった。おじいちゃんは、ジャックの百倍くらいスリルのある人生を送ってきたのだ。

「でも、行き先はどうやってわかったんですか？」

「いつの間にか国境を越えて同盟国《どうめいこく》の領土に入っていたにちがいない。というのも、道路に巨大な看板《かんばん》がかかげられているのを見たのだ」

「なんの看板《かんばん》ですか？」

「スピットファイアーだよ！　絵といっしょに矢印まで書いてあった！　実にふしぎだな」

帝国《ていこく》戦争博物館の看板《かんばん》か！

「空軍大将に連絡《れんらく》しないとならないな。あれでは、いちばん近いイギリス空軍基地の場所をみなに教えているようなものだ。敵《てき》が地上部隊を送りこんできたら、あの看板《かんばん》の矢印を見て、まっすぐ基地にきてしまう！」

ジャックは思わずにっこりしてしまった。ほかのみんなは、今のおじいちゃんの状態は問題だとしか思わない。でもジャックには、おじいちゃんがこんなふうに考えられるなんてすてきな魔法《まほう》に思える。

おじいちゃんは話をつづけた。

「暗くなってきたころ、ようやく空軍基地に着いた。すると、戦闘機《せんとうき》の格納庫《かくのうこ》のまわりをうろついている連中がいた。おそらく疎開《そかい》してきた子どもたちだろう……」

帝国《ていこく》戦争博物館はいつも子どもたちでいっぱいだ。**そのことを言ってるんだな。**とジャックは思った。

「……わたしはトイレにいきたかった。なにしろ一週間、ごぶさただったのだ。木の実とベリー類を食っとると、はらがゆるくなるからな！　だが、すっかりつかれ切っていたしな、ねむってしまったにちがいない。まあ、ほんの仮眠《かみん》をとっただけだ。目が覚めると、明かりがすべて消えていた。暗闇《くらやみ》の中を何時間もさまよい、ようやくわたしのスピットファイアーを見つけだしたのだ。乗りこむまでに、ほかの戦闘機《せんとうき》の上をはっていかねばならなかったがな」

おじいちゃんが生きててよかった！　空中につりさげられている年代物の戦闘機《せんとうき》の上を乗りこえていったなんて！　明かりがついていたって危険《きけん》なのに。

「そのあとはどうなさったのです、中佐《ちゅうさ》どの？」

ジャックはすっかり興味しんしんでたずねた。

「そのあと、わが愛機を飛ばし、スピンをさせてやろうと考えた。**高く、高く、そしてかなたへ**な。ところが、エンジンがかからなかったのだ！　おそらく燃料切れだろう……」

おじいちゃんの声が小さくなってとぎれ、顔にふしぎそうな表情がよぎった。

「それから……それから……おそらくコクピットでまた寝《ね》てしまったにちがいない。また軽く仮眠《かみん》をとったというわけだ、わかるだろう？」

「はい、もちろんです、中佐《ちゅうさ》どの」

二人はしばらくだまってすわっていたが、ジャックはふいに言わずにはいられなくなった。おじいちゃんへの愛がこみあげてきて、胸《むね》がいっぱいになったのだ。

「みんな、ものすごく心配してたんだよ……」

おじいちゃんはふんと鼻を鳴らした。

「心配など無用だ」

そしてクスッと笑った。

「全ドイツ軍をもってしても、わたしを止めることはできない。そうさ！　パイロット、バンティング中佐《ちゅうさ》は生きて、明日も戦いつづけるのだ！」

24 スーツを着た洋服ダンス

ロンドン警視庁《けいしちょう》は、すっかり混乱《こんらん》した。帝国《ていこく》戦争博物館の戦闘機《せんとうき》に乗りこんだおかしな老人をどうあつかえばいいのか、だれもわからなかったのだ。

罪状は重かった。器物損壊罪《そんかいざい》。午前中のさわぎのせいで、戦闘機《せんとうき》三機に高額の修理が必要になってしまったのだ。おじいちゃんは警察《けいさつ》の地下にある取調室に連れていかれることになった。ジャックはおまわりさんに、いっしょにいかせてほしいとたのみこんだ。おじいちゃんは頭がこんがらがってしまうことがあるから、助けが必要なんです、とジャックは説明した。取り調べが終わったら、おじいちゃんはどうなるんだろう？　裁判《さいばん》？　刑務所《けいむしょ》？　おじいちゃんがやっかいな状況《じょうきょう》にいるのはわかっていた。問題はどのくらいやっかいなのか、ということだ。

取調室はせまくて暗くて、中にあるものはすべて灰色《はいいろ》だった。壁《かべ》も、机《つくえ》も、いすも灰色《はいいろ》だ。天井《てんじょう》からはだか電球がひとつ、ぶらさがっている。まどはなく、ドアの上にわずかなすき間があるだけで、そこから外にいる者たちが中をのぞけるようになっていた。

ジャックとおじいちゃんが二人でその部屋にすわっていると、のぞき口に四つの目が現われた。

かぎのジャラジャラ鳴る音がして、大きな鉄のドアが勢いよく開いた。

現われたのは、二人の私服刑事《けいじ》だった。取り調べがはじまるのだ。

ひとりはなみはずれて背が高く、肩幅《かたはば》の広いがっしりした男だった。洋服ダンスがスーツを着ているみたいだ。対照的に、相棒《あいぼう》は棒《ぼう》みたいに細かった。遠くからだと、ビリヤードの棒《キュー》とまちがえてしまいそうだ。

警察署《けいさつしょ》の地下深くまでおりてきた二人は、取調室の入り口を同時にくぐろうとした。とうぜんつっかえて、からだに合っていないてかてかの灰色《はいいろ》のスーツがこすれ合った。

「入れんぞ！」からだの大きなビーフ刑事《けいじ》がどなった。

「おれのせいじゃないぞ、キラリン」やせのボーン刑事《けいじ》が言った。

「容疑者《ようぎしゃ》の前でおれのことをキラリンとよぶなよ！」ビーフはバカでかい声でささや

いた。

「でも、キラリン・ビーフ、おまえの名前はキラリンだろ！」

「だから、キラリンって言うなって！」

「すまん、キラリン。二度とキラリンとはよばないよ、キラリン。な、キラリン、約束する！」

「何度も言ってるだろ！」

大きいほうは、キラリンなんて女の子っぽい名前がいやでたまらないらしい。もっとタフそうな、そう、たとえば、チャドとかカートとかブラッドとかリックとかゼウスとか、いっそのことタフとか、そういう名前にあこがれているのだ。

キラリンは相棒《あいぼう》をグシャとおしつぶし、なんとか入り口をくぐった。

「いたいじゃないか！」ボーンがさけんだ。

「ごめん」

ジャックは二人がよろよろ入ってきたのを見て、笑いをかみ殺した。今のさわぎで、二人はドアを大きく開け放したまま、しめるのを忘れている。かぎもさしっぱなしだ。

「ゲシュタポだ！　わたしに任せろ」おじいちゃんはささやいた。

ゲシュタポというのは、みなにおそれられたヒトラーの秘密《ひみつ》国家警察《けいさつ》のことだ。目の前の漫才《まんざい》コンビとはかけはなれてる。けれど、おじいちゃんが一度こうだと思いこんだことは、絶対に変えられない。なので、ジャックはだまっていた。

服のほこりをはらい、ネクタイをまっすぐに直すと、おせじにもやり手とはいえない二人組は、ジャックとおじいちゃんの前にすわった。

しばらく気まずい沈黙《ちんもく》がつづいた。刑事《けいじ》は二人とも、相手がしゃべるのを待っているみたいだ。

「なにか言わないのか？」

しばらくしてビーフはくちびるのはしっこだけ動かしてささやいた。

「そっちが先に話すってことになったろ？」ボーンはささやき返した。

「ああ、そうだったな。ごめん」

ビーフはあやまり、またしばらくしんとなったあと、言った。

「なんて言ったらいいか、わからないんだ」

「すまん、ちょっと待ってもらえるか？」

ボーンはジャックとおじいちゃんにむかって言うと、てれかくしの笑みを浮《う》かべ、机《つくえ》からはなれた。ジャックはめちゃめちゃおかしかったけど、顔に出さないようにした。一方のおじいちゃんは、すっかりめんくらっているようすだ。

二人の刑事《けいじ》は小さな灰色《はいいろ》の部屋のすみっこへいくと、作戦を立てているラグビーの選手みたいにひそひそしゃべりだした。

「いいか、キラリン、前も同じことがあったろ。例のいい刑事《けいじ》と悪い刑事《けいじ》の手を使うんだって。あれなら、最後にはいつも相手はおれるだろ」

「そうだったな！」

「よし！」

ビーフは一瞬《いっしゅん》、考えてから言った。

「で、おれはどっちだっけ？」

「いい刑事《けいじ》のほうだよ！」

ボーンはだんだんとイライラしてきたようだ。

「だけど、おれも悪い刑事《けいじ》のほうをやりたいよ」

ビーフは文句を言った。どうやらビーフのほうが子どもっぽいらしい。

「いつもおれが悪い刑事《けいじ》役だろ！」ボーンが言う。

「ずるいよ！」

ビーフがわめく。まるで大きい子にアイスクリームをとられた子どもみたいだ。

「わかった、わかった。じゃあ、悪い刑事《けいじ》をやらせてやるよ」ボーンはおれた。

「やった！」ビーフはこぶしをつきあげた。

「だけど、今日だけだぞ」

ジャックはだんだんとはらが立ってきて、二人によびかけた。

「すみません、長くかかりそうですか？」

「いやいや、だいじょうぶ。もうすぐだ」ボーンが答えて、相棒《あいぼう》にむき直った。

「よし。じゃあ、おれが最初にいく。おれはいい刑事《けいじ》だから、なにかいいことを言う。だから、おまえは悪い刑事《けいじ》としてひどいことを言え」

「がってんだ！」

二人の刑事《けいじ》は自信満々でもどってきた。そして、ボーンが言った。

「ご存じのとおり、器物損壊罪《そんかいざい》は重大な犯罪です。しかし、われわれはあなた方の友人だということを忘れないでください。われわれは、あなた方を助けるためにここにいるのです。あなた方があの古い戦闘機《せんとうき》をどうするつもりだったのか、教えてもらえませんか?」

ビーフが口をはさんだ。

「ええ、ぜひ教えてください。よろしければですが」

ボーン刑事《けいじ》は絶望のうめき声をあげた。

25 肥《こえ》だめにはまる

取調室では、思ったようにことは運ばなかった。ボーン刑事《けいじ》はふたたびビーフ刑事《けいじ》を部屋のすみへひっぱっていった。

「バカか！　おまえは悪い刑事役《けいじ》だろ！　『よろしければ』なんて言わないんだよ」

「そうなのか？」ビーフは無邪気《むじゃき》にきき返した。

「そうなんだよ！　相手を威嚇《いかく》しなきゃいけないんだ」

「威嚇《いかく》？」

「そうだ！」

「威嚇《いかく》なんてできるかなあ。キラリンなんて名前だと、威嚇《いかく》するのはむずかしいんだよ」

「あの二人はおまえの名前なんて知らないだろ」

「さっきおまえが百回くらい言っちまったじゃないか！」ビーフはさけんだ。

「ああ、そうだった、すまん、キラリン」

「また言った！」

「悪いな、キラリン」

「ほらまた！」

「二度と言わないよ、キラリン」

「おれの名前を言うのはやめてくれよ！　やっぱりおれがいい刑事役《けいじ》のほうがよさそうだ

な」

「悪い刑事《けいじ》役がしたいって言ったのは、おまえだろ！」

「わかってる……けど、やっぱり交代したほうがいいって思いなおしたんだ。そっちがよければだけど」

ビーフはおどおどしながら言った。

ボーンはすぐさま承知した。取り調べのはずが、お笑いコントになりかかってる。

「わかった、わかった。好きなようにしろ、おまえがいい刑事《けいじ》だ、キラリン。そしておれが悪い刑事《けいじ》をする」

「ありがとう。あと、容疑者《ようぎしゃ》の前でキラリンって言うのはやめてくれってば」

「すまん。おれ、またキラリンって言ったか？」

「言ったよ」ビーフは言った。

「すまんな、キラリン」

これ以上がまんできなかった。ジャックはぷーっとふきだした。

「ワッハッハ！」

「なにがおかしいんだ？」ビーフが怒《おこ》ってきいた。

「なんでもないよ、キラリン」ジャックはクスクス笑いながら言った。

キラリンは、キラリンという名前にしてはせいいっぱいこわい顔を作ってみせた。

「ほら、あいつらにもおれの名前がキラリンだってばれちゃったじゃないか！　おまえのせいだぞ！」

ボーンもすべての罪を引き受ける気はなかった。

「いちばん悪いのは、そもそもおまえにキラリン・ビーフなんて名前をつけたおまえのお父さんとお母さんだろ。いったいぜんたいどうして女の名前なんてつけたんだ？」

「キラリンは女の名前じゃない！　男女兼用《けんよう》だ！」

ビーフはどなった。

元気いっぱいの男の赤ちゃんが生まれたとき、ビーフ夫妻にはほかにも男女兼用《けんよう》の名前の候補《こうほ》がこれだけあった。


アリス、キャロル、ダリル、ハーレイ、ジョーダン、リンゼイ、マリオン、メレディス、パリス、サンディ、ステーシーか、トレイシー。


「ああ、もちろん男女兼用《けんよう》だろうよ。キラリンって名前の男はそこいらじゅうにいるもんな」

ボーン刑事《けいじ》はぼそりと言うと、なんとか気をしずめて言った。

「さあ、いいか、これから取り調べをしなきゃいけないんだ。わかってるな?」

「わかってる、わかってるよ。ごめん」

「そして、おまえがいい刑事《けいじ》役だ。だから、いいことを言え」

「わかってるわかってる。いい刑事《けいじ》役だろ、いい刑事《けいじ》、いい刑事《けいじ》、いい刑事《けいじ》」

ビーフは忘れないよう呪文《じゅもん》みたいにくりかえした。

「よし！」ボーンは自信満々に言った。

「急いでトイレにいってくる時間はあるか？」ビーフがきいた。

「あるわけないだろ！　だから、先にいっとけって言ったじゃないか！」

「だけど、そのときはいきたくなかったんだよ！」

「がまんしろ！」

「どうやって？」

「足を組むとか、なんでもいいから！　ちょろちょろ流れる小川のことだけは考えるな！」

「おかげでちょろちょろ流れる小川のことしか、考えられなくなっちゃったよ！」

「ビーフ刑事《けいじ》！　おまえのせいで、おれたち、まるで素人《しろうと》みたいだぞ！」

「ごめん！」

「おれたちは、ロンドン警視庁《けいしちょう》一の敏腕刑事《びんわんけいじ》ってことなんだから」

「敏腕《びんわん》だ！」

「よし、やるぞ！」

ビーフとボーンは目的意識も新たに大またで机《つくえ》にもどってきた。

ビーフが口を開いた。

「さて……うちに夕食にきませんか？」

ジャックとおじいちゃんは耳をうたがって顔を見あわせた。

「それじゃ、いい人すぎるだろ、キラリン！」

ボーンがどなった。

「いい刑事《けいじ》役をやれって言ったじゃないか！」

「夕食に招待するほどいいやつになる必要はないんだ！」

ビーフは考えこんだ。

「じゃあ、ランチ？」

「ちがう！」

「朝のコーヒー？」

「ちがう！　いいか、キラリン……」

「おれをキラリンとよぶな……」

「キラリン、この取り調べはおれに任せろ。いいな？」

ビーフは超《ちょう》ド級のふくれっ面をした。なにしろ超《ちょう》ド級だから、口をきいたりうなずいたりはおろか、目すら合わせない。なにを言われてもだまって肩《かた》をすくめるだけだ。

ボーンは冷ややかな目をおじいちゃんにむけた。これからは、たったひとりで戦わねばならない。

「高価な年代物の戦闘機《せんとうき》が三機、大きな損害を受けたんだ。どういうことか、説明してもらえるかね？」

ジャックは必死になって言った。

「悪気があってやったんじゃないんです！　まちがいなんです！　本当です！」

「ご老人、さっきからずっとだまっているが、自らの口で言いたいことはないのかね？」

ボーンはなおも言った。

ジャックはぱっとおじいちゃんを見た。どうしよう、どろ沼《ぬま》どころか、肥《こえ》だめにはまるようなことを言っちゃったら……?

26 形勢逆転

ロンドン警視庁《けいしちょう》の地下の取調室で、ジャックはやきもきしながらおじいちゃんを見た。おじいちゃんはなんて言うつもりだろう? すると、おじいちゃんはイギリス空軍クラブのネクタイをまっすぐに直し、ボーン刑事《けいじ》の目を正面から見つめた。

「質問がある……!」

「なにをするつもり?」ジャックは小声でささやいた。

「ゲシュタポに勝つには、やつらの土俵で戦うしかないのだ」

おじいちゃんはささやき返した。

「だめだ! そちらからわれわれに質問することはできん! それじゃ、反対だ!」

ボーンは信じられないという口調でどなった。

あいにくボーンは、おじいちゃんが「だめだ」という答えは答えじゃないと思っていることを知らなかった。

「アシカ作戦の実行日はいつだ？」おじいちゃんは強い口調でたずねた。

「なに作戦だって？」ビーフがきき返した。

「**しらを切るな！** わたしがなんのことを言っているか、わかりすぎるほどわかっているはずだ！」

おじいちゃんはどなると、立ちあがって、部屋をぐるぐると歩きはじめた。

二人の刑事《けいじ》はこっそり目を合わせた。今や

二人は、おじいちゃんよりも頭がこんがらがっていた。おじいちゃんがなんの話をしているのか、さっぱりわからなかったのだ。

「本当に知らないのだ」ボーンが答えた。

「おまえたちは、この戦争に勝つことはできない。わたしがそう言っていたと、友人のヒトラー氏に伝えるんだな！」

「会ったこともないのに！」ビーフが文句を言った。

「二人とも、地上戦の開始日を話す気になるまで、この部屋から出るな！」

イギリス空軍の元将校であるおじいちゃんには、自然と身についた威厳《いげん》がそなわっていた。二人の刑事《けいじ》はいきなりの形勢逆転に、すっかりちぢこまっている。ジャックは心の中で舌を巻《ま》いた。

「しかし、このあとバドミントンにいく予定なのに……」ボーンはうったえた。

おじいちゃんは歩きまわるのをやめると、机《つくえ》の上にバンッと手をつき、ビーフとボーンの顔のすぐ前まで身を乗りだした。年とっているけれど、威圧感《いあっかん》はそうとうなものだ。

「話す気になるまで、この部屋から出てはならん！」

「だけど、トイレにいきたいんだよ。おもらししちゃう」

ビーフは泣きついた。実際、今にもわっと泣きだしそうな顔をしている。

「アシカ作戦の開始日を言え！」

「どうする？」ビーフがささやいた。

「なんでもいいから、なにか言うしかない！」と、ボーン。

そして、二人はまったく同時に答えた。

「月曜日！」

「木曜日！」

これじゃ、まるでうそをついてるみたいだ。というか、実際うそだけど。

「いくぞ、少佐《しょうさ》！」

おじいちゃんに命令され、ジャックはぱっと立ちあがって気をつけをした。

「やつらはここへ置いていくぞ。せいぜい考えてもらおう」

おじいちゃんはさっと刑事《けいじ》たちのほうにむき直った。

「明日の朝、もどる。そのときには真実を話すんだな。でないと、大変なことになるぞ！」

そう言いのこすと、おじいちゃんはのしのしと取調室の大きな鉄のドアのほうへ歩きだした。ジャックもあわててあとにつづく。二人の刑事《けいじ》はあぜんとして見ている。ジャックはすばやく頭を働かせると、かぎをぬきとって、ドアをガシャンとしめた。そして、心臓《しんぞう》をバクバクさせながらかぎをかぎ穴《あな》に差しこんで回し、二人を中にとじこめた。

カチャリ。

その音をきいて、二人の刑事《けいじ》はわれに返った。そして、ドアに突進《とっしん》すると、あけようとしたが、手おくれだった。二人は、助けてくれと言って、ドアをバンバンたたきはじめた。

「さすがです、中佐《ちゅうさ》どの。では……逃《に》げましょう！」

ジャックはおじいちゃんのそでをひっぱった。

「待て、最後にもうひとつ」

おじいちゃんはドアについているのぞき口のふたをあけると、中にむかって大きな声で言った。

「それから、言っておくが、キラリンっていうのは、女の子の名前だな！」

そして、ジャックとおじいちゃんはろうかをかけぬけ、階段をのぼって、ロンドン警視《けいし》庁《ちょう》を飛びだした。

27  敵陣《てきじん》のうしろで

空軍の訓練のおかげで、おじいちゃんは敵陣《てきじん》でつかまらないようにする方法をよく知っていた。パイロットならだれでも、身につけていなければならない。敵《てき》の占領地《せんりょうち》では、とうぜん撃《う》たれる危険《きけん》性は高いからだ。

おじいちゃんとジャックは大通りをさけ、街灯の光に近づかないようにして進んだ。そして日が完全にしずむと、いちばん近くにあった駅のへいを乗りこえ、家のほうまでいく電車の屋根によじのぼり、屋根にしがみついたまま、凍《こご》えるような寒さにたえ、家へむかった。

「ど、ど、どうして、こ、こ、こんなところに、の、の、のぼらなきゃならないんですか、

ちゅ、ちゅ、ちゅ、中佐《ちゅうさ》どの？」ジャックがガタガタふるえながらたずねた。

「ゲシュタポについての知識《ちしき》にまちがいがなければ、やつらはすでにこの列車に乗って、われわれを探《さが》して乗客全員の身分証明書を調べているはずだ。ここにいたほうが安全なのだ」

そのとき、おじいちゃんのうしろにぐんぐん迫《せま》ってくるトンネルが見えた。

「ふ、ふ、ふ、ふせて！」

おじいちゃんはふり返ると、次の瞬間《しゅんかん》、ジャックの横にぱっとふせた。ぎりぎりだった。トンネルを通りぬけると、おじいちゃんはひざをついて、起きあがった。

「ありがとう、少佐《しょうさ》！　実にあぶないところだった」

そのとき、おじいちゃんの後頭部を低く張りだした枝が直撃《ちょくげき》した。

ガツン！

「うわっ！」

「中佐《ちゅうさ》どの、だいじょうぶですか？」

「ああ、だいじょうぶだ。いまいましいドイツ軍め、こんなところに枝をしかけておくとは」

ジャックは、ヒトラーとナチスが枝に関係している可能性はほぼないと思ったけれど、きき流すことにした。

ようやく駅に着いたときは、真夜中近くになっていた。それからすぐに、二人はおじいちゃんのアパートのある通りまでたどりついた。計画では、しばらくおじいちゃんのアパートに身をかくすことになっている。帝国《ていこく》戦争博物館とロンドン警視庁《けいしちょう》であんなことがあったあとで、パパとママのところにもどるのは、どう考えてもまずい。

ラジのお店にまだ明かりがついているのを見て、ジャックはおどろいた。ラジはまだ起きていて、たった今、表にとどいた明日の新聞の束をとりこんでいるところだった。ラジなら信用できるだろう。なにしろ、二人は今、警察《けいさつ》に追われている身なのだ。

「ラジ！」ジャックはよびかけた。

ラジは暗闇《くらやみ》の中をすかすように見た。

「だれだ？」

ジャックとおじいちゃんは足音をしのばせ、壁《かべ》からはなれないように、明かりをさけながら近づいていった。ようやく二人がだれだかわかると、ラジは言った。

「ジャック！　パンティーグさん！　こわがらせないでくださいよ！」

「ごめん、ラジ。そんなつもりじゃなかったんだ。だれにも見られたくないだけなんだよ」

「どうして？」

「話せば長いのだ、チャー・ワラ！　士官食堂でビールでも飲みながら話そうじゃないか」

おじいちゃんは言った。

「無事に見つかって、ほっとしましたよ、パンティーグさん！」

すると、車がやってきた。ヘッドライトが三人を照らした。

「中に入ったほうがいいんじゃ……」

ジャックが言うと、ラジは答えた。

「ああ、もちろん、もちろんだよ。入って、入って。あ、あと、ついでにその新聞の束を持ってきてくれるかい？」

28 高い電話代

ラジはお店のドアをあけて、ジャックとおじいちゃんを中に招き入れた。そして、店に入ると、おじいちゃんに新聞の束の上にすわるように言った。

「ここへどうぞ」

「すまんな、チャー・ワラ」

「おなかはすいていますか？　のどはかわいてます？　どうぞ、パンティーグさん、お店のものをなんでもとってください」

「ほんとに？　なんでも？」

ジャックはきき返した。十二歳《さい》の少年にとっては、破格の申し出だ。

「ああ、なんでもだ！　お二人は、いちばんのお気に入りのお客さんだからね。さあ、さあ、遠慮《えんりょ》なく。なんでも好きなものをどうぞ」

ジャックはにっこりした。

「本当にありがとう」

丸一日、冒険《ぼうけん》したあとで、ジャックはすっかりおなかがすいていた。そこで、おじいちゃんと自分用に、ポテトチップスひと袋《ふくろ》と、チョコバー二本、それからフルーツジュースを二パックとった。

そして、目をうたがった。ラジがお店のレジで計算しはじめたからだ。

「一ポンド七十五ペンスになります!」

ジャックはため息をついて、ポケットから小銭を出し、カウンターの上に置いた。

「何時間か前、ジャックのお父さんとお母さんがここにきたよ。ジャックかおじいちゃんを、見かけなかったかって。死ぬほど心配しているみたいだった」

「まずい」

山ほどいろんなことがあったせいで、ジャックはすっかりパパとママのことを忘れていた。ふいにひどく申し訳ない気持ちにおそわれた。

「すぐに電話しなきゃ。ラジ、ラジの電話を借りてもいい?」

「もちろん！」ラジはカウンターに電話を置いた。

「特別、ただで使わせてあげよう」

「ありがとう」

「ただし、短めにしてくれよ。できれば、四、五秒くらいで」

「やってみるよ」

おじいちゃんのようすをうかがうと、幸せそうにチョコバーを食べながら、「配給にしては、最高にうまいぞ、チャー・ワラ」などと言っている。

「ビスケットを切らしてて、すみません。昨日の夜、デュディおばさんが勝手に店に入って、四箱も食べちまったんですよ。ビスケットの箱までかみくだいたんですから」

「ママ？　ぼくだよ！」ジャックは電話にむかって言った。

「いったいどこにいるのよ？　ママとパパは夜までずっと車で走りまわって探《さが》したのよ！」

「えっと、ちゃんと説明するよ。実は――」

ジャックが最後まで言うのを待たずに、ママはしゃべりはじめた。

「マコトーニ先生から電話があったのよ。帝国《ていこく》戦争博物館でのこと、きいたわ。スピットファイアーをこわしたんですって？」

「ぼくのせいじゃないよ。警備員《けいび》の人があんなに重くなければ――」

ママは耳をかたむける気分ではないようだった。

「ききたくありません！　先生がおっしゃるには、おじいちゃんがよりにもよって博物館に現われたんですって？　それで、警察《けいさつ》に逮捕《たいほ》されたんでしょ！　しかも、ママとパパがはるばるロンドン警察《けいさつ》までいったら、あなたたち二人は逃《に》げたって言われたのよ！」

「うん、いや、ううん。つまり、ぼくたちはただ歩いて外に出ただけで……」

「もういいわ！　それで、今どこにいるの？」

するとラジが口をはさんだ。

「申し訳ないが、お母さんにかけ直すように言ってもらえないかい？　すでに一分三十八秒だ、ものすごい値段になっちゃうよ！」

「ママ？　ラジがかけ直してくれないかって」

「じゃあ、ラジのお店にいるってことね⁈　**そこにいなさい！　今からいくか**

ら！」

そう言うと、ママは電話を切った。

ガシャン！

ツーツーツー。

ジャックが顔をあげると、ラジはずっと時計を見ていたようだった。

「一分四十六秒。ふうー」

「ママがすぐにむかえにくるって」

「よかった！　じゃあ、待ってるあいだ、わたしの新しいクリスマスカードをただで見せてあげよう。どうだい？」

「遠慮《えんりょ》するよ、ラジ。もう一月だし」

「これなんか、特別クリスマスっぽいだろう？」

そう言ってラジはカードを見せた。でも真っ白で絵もなにもついていない。

ジャックはカードを見て、それからラジを見た。一瞬《いっしゅん》、ラジの頭がおかしくなったのかと思ったのだ。

「でも、ラジ、なにも描《か》いてないよ？」

「ちがうちがう。パンティーグぼっちゃん、そうじゃない。これは、雪を拡大して描《か》いたものなんだ。お祝いの季節にはぴったりだよ。十枚でたったの一ポンドだ。さらに、特別価格もあるぞ……」

「わお」

ジャックは一本調子で言った。

「もし千枚買ってくれるなら、たっぷり値引きするよ」

「ありがとう、ラジ。でもいいよ」ジャックはていねいに断った。

でも、ラジは値段交渉《こうしょう》が大好きだった。

「じゃ、二千枚なら？」

そのとき、外からパトカーのサイレンがひびいてきた。

〝敵《てき》〟がやってきたのだ。

29 謎《なぞ》に包まれた人物

最初、サイレンの音はかなり遠くからきこえてくるように思えた。ところが、あっという間にどんどん大きくなった。音からして、パトカーの大艦隊《だいかんたい》がラジの店めがけて迫《せま》ってくるように思える。ジャックは反射《はんしゃ》的にラジに責めるような目をむけた。

「わたしじゃない！　警察《けいさつ》に連絡《れんらく》なんかしてないぞ」ラジは言った。

「ママだな！」

一刻《いっこく》のゆうよもない。ジャックはおじいちゃんのうでをつかんで、外へ出ようとした。

「中佐《ちゅうさ》どの、すぐここから出なくては！　早く！」

二人は真っ暗な外へ飛びだしたが、おそかった。すでにかこまれていたのだ。ブレーキがキキキッと鳴り、十台以上のパトカーがジャックとおじいちゃんを半円形に取りかこんでいた。目のくらむようなライトがむけられ、耳をつんざくような音があたりにこだまする。

「**手をあげろ！**」警官《けいかん》がさけんだ。

二人は言われたとおりにした。

「わたしはまっすぐ戦争捕虜《ほりょ》キャンプ送りだな。おおかたコルディッツ収容所《しゅうようじょ》だろう。元気でな、少佐《しょうさ》！　われらが故国で再会しよう！」おじいちゃんは小声で言った。

二人のうしろからラジが出てきた。チョコバーに白いハンカチをつけて、降伏《こうふく》の白旗《しろはた》代わりにふっている。

「撃《う》たないでくれ！　店の正面のウィンドウを新しくかざりつけしたばかりなんだ！」

ジャックのパパとママもパトカーに乗っていたにちがいない。というのも、ずらりとならんでいる警察官《けいさつ》のうしろから飛びだしてきたからだ。二人は息子にかけよって、ぎゅっとだきしめた。

「心配したんだぞ！」パパが言った。

「ごめんなさい。心配をかけるつもりじゃなかったんだ」

「ああ、心配だったのよ、ジャック！」

息子の姿《すがた》を見て、ママも少し態度をやわらげた。

「おじいちゃんはどうなるの？　おじいちゃんを刑務所《けいむしょ》に入れるわけにはいかないよ」

「わかってる。だれもそんなこと、望んでないわ、警察《けいさつ》もね。あの親切な牧師さんに電話したのよ、おじいちゃんは本当についてるわ。奇跡《きせき》的に、例の老人ホームの部屋をとってくださってたのよ、〈**たそがれホーム**〉の」

まさにそのとき、パトカーから女がおりてきた。ヘッドライトがうしろから照らしているせいで、最初は影《かげ》しか見えなかった。背が低くずんぐりしていて、頭に看護師帽《かんごしぼう》のようなものをかぶり、ケープをはおっている。

「だれ？」ジャックはたずねた。

人影《ひとかげ》はゆっくりとこちらへ歩いてきた。くつのハイヒールが、ぬれた冷たい歩道にカツンカツンとあたる。ついにジャックの前まできた女の顔はゆがんでいた。笑みを浮《う》かべようとしているらしい。小さい目はいかにも意地悪そうで、鼻は上をむき、まどガラスにべちゃっとおしつけたみたいに見える。

「ああ、あなたがジャックくんね！」

女は晴れやかに言った。その声は明るかったけれど、意地悪そうなひびきがひそんでいるのを、ジャックは感じとった。

「おやさしいヨクバリー牧師さまからお電話をいただいたのよ。牧師さんとは仲良しなの。二人とも、この町のお年よりのことを心から心配しているからね」

「だれ、ってきいたんだ」ジャックはくりかえした。

「あたしの名前はミス・ガメッツイ。〈**たそがれホーム**〉の院長よ。あなたのおじいさまを連れにきたの」

ミス・ガメッツイはあまったるい声で言った。

第2部
生きるか死ぬか

30 〈たそがれホーム〉

その夜、おじいちゃんは〈たそがれホーム〉に連れていかれた。〈たそがれホーム〉に入るならという条件で、警察《けいさつ》はおじいちゃんを無罪放免《むざいほうめん》にした。

もちろん、ジャックはねむれない夜をすごした。おじいちゃんのことで頭がいっぱいだ。

次の日、学校が終わるとすぐに、ジャックは三輪車で〈たそがれホーム〉へむかった。おじいちゃんに会いたい一心で、なおかつ、学校の子たちに三輪車に乗っているのを見られたくなくて、せいいっぱいペダルをこぐ。ジャックはチョッパータイプの自転車を買うために貯金していた。サドルがうしろのほうについていて、ハンドルが長くて、自転車よりはバイクに近いやつだ。でも、今のところ、ペダル一個分しかたまっていなかった。

〈たそがれホーム〉は、町の中心部からはなれていた。小さな家のならぶ住宅地をすぎると、荒野が広がっている。丘《おか》の上に、その古い建物はあった。高い壁《かべ》にかこわれ、正面に高い門がついていて、老人ホームというよりは、刑務所《けいむしょ》みたいだ。ディズニーランドにはほど遠い。

ジャックは、舗装《ほそう》されていない道をガラガラと走っていって、門の前で三輪車を止めた。分厚い鉄製で、てっぺんに忍《しの》び返しがあり、表面には〈**たそがれホーム**〉の頭文字をかたどったTというかざりが二つ、ついている。外の看板《かんばん》には、こう書いてあった。

〈たそがれホーム〉
のぞまれないお年より、ひきとります。

〈**たそがれホーム**〉は最近オープンしたばかりだった。町には以前「サンシャイン・ホーム」という老人ホームがあったのだが、正体不明の暴走ブルドーザーにこわされてしまったのだ。〈**たそがれホーム**〉は、元はヴィクトリア時代の精神科病院だった。レンガづくりの高い建物で、小さなまどがあり、そのすべてに鉄格子《てつごうし》がはまっている。名前は老人ホームかもしれないが、実際は、家庭《ホーム》からかけはなれた不吉な雰囲気がある。四階建ての屋根の上には、鐘楼《しょうろう》が建っていた。

最近になって、さらに見張り塔《とう》が二本、敷地《しきち》の両はしに建てられた。塔《とう》の上には、巨大なサーチライトがそなえつけられ、がっしりした大柄《おおがら》の看護師《かんごし》たちが警備《けいび》にあたっていた。人が外から中に入らないようにしているのか、それとも中から外へ出ないようにしているのかは、はっきりしなかった。

ジャックは門にかぎがかかっているかどうかたしかめようと、手をのばした。

ビビビビ！

からだを電気がかけめぐった。

「うわあああ！」

からだが、ひっくり返って裏返《うらがえ》しになったような感覚だ。あわてて手をはなし、深呼吸《しんこきゅう》する。いたみがひどくて、吐《は》き気がこみあげた。

「だれだ？」

メガホンから低い声がひびいた。目をしばたたかせて涙《なみだ》をこらえると、ジャックは見張り塔《とう》の看護師《かんごし》を見あげた。

「ジャックです」

「名字は？」

メガホンのせいで、ロボットみたいな声にきこえる。

「ジャック・バンティングです。祖父に会いにきました」

「面会は日曜日だけだよ。出直すんだね」

「はるばる三輪車をこいできたのに……」

入れないいなんて信じられない。ちょっとでいいから、おじいちゃんに会いたいだけなのに。

「日曜日以外に〈**たそがれホーム**〉を訪問する場合は、院長の許可が必要だ」

「許可はあります。昨日の夜、ガメツイ院長にお会いして、今日の午後くるように言われたんです」ジャックはうそをついた。

「門を入って、受付にいっとくれ」

ジー！

カチャン！

門が自動で開き、ジャックはそろそろとペダルをこいで中に入っていった。
砂利道《じゃりみち》は自転車では走りにくい。ましてや、幼児《ようじ》用三輪車では走りにくいことこの上ない。それでも、なんとか巨大な木のドアの前までたどりついた。ベルを鳴らそうと手をのばして、ふるえていることに気づいた。

カチ、カチャ、ガチャン、カチリ。

かぎをあける音がする。こんなに長くかかるなんて、十個くらいついているにちがいない。

ガチャ、カチャリ、カチッ、キキキ、ガリガリ。

ようやくがっしりした大柄《おおがら》の看護師《かんごし》がドアをあけた。足が毛深くて、金歯があり、うでにどくろのタトゥーを入れている。でも、胸《むね》につけた名札によれば、よりにもよって〈デイジー〉なんていう花の名前がついているらしい。
「なんだい?」
デイジーは野太い声で言った。これほどデイジーっていう名前の似合わない人はいない。
「はじめまして！　お願いがあるのですが」ジャックはていねいに言った。

「お願いってなんだい？」デイジーはたずねた。

「祖父のアーサー・バンティングの面会にきたんです。昨日の夜、ここにきたはずなんですが」

「今日は面会禁止だよ！」

「わかってます。でも、昨日の夜、すてきなガメッツイ院長先生にお会いしたんです。院長先生とちょっとお話させていただけませんか？」

「ここで待ってな！」

デイジーは言うと、どっしりとしたオーク材のドアをジャックの目と鼻の先でばたんとしめた。

「院長！」デイジーがよんでいるのがきこえる。

そのあと、長いあいだ待たされ、もうだれももどってこないと思ったとき、ろうかのむこうから重たい足音がきこえてきた。そして、ドアが勢いよく開くと、世にもおそろしい光景が待ち受けていた。

31 世界一ブサイクな看護師《かんごし》たち

ドアのむこうには、〈たそがれホーム〉の院長が立っていた。ナースキャップをかぶり、両わきにびっくりするくらいからだの大きな看護師《かんごし》を二人、したがえている。そのせいで、もともと低い背がよけい低く見えた。看護師《かんごし》のひとりは、片方の目のまわりにあざがあり、両手の指にそれぞれ「LOVE《ラブ》」と「HATE《ヘイト》」というタトゥーを入れている。「愛」と「にくしみ」という意味だ。もうひとりは、首にクモのタトゥーが入っていて、あごに無精《ぶしょう》ひげらしきものまで生えていた。二人は、ジャックを見てくっとまゆをよせた。こんなブサイクな看護師《かんごし》、見たこともない。ジャックは二人の名札に目を走らせた。

〈ローズ〉

〈ブラッサム〉

ガメツイ院長は、一見バトンみたいなものを手に持ってくるくる回していた。回しながらもう片方の手にトン、トン、トンとリズミカルに打ちつけている。無言のおどしを感じる。バトンの先には、小さな金属の突起物《とっきぶつ》が二つついていて、反対側にはボタンがあった。いったいなにに使うんだろう?

「おやおや、また会ったね。こんにちは、ジャックくん」

　ガメツイ院長はねこなで声で言った。

「こんにちは、院長先生。またお会いできてうれしいです」ジャックはうそをついた。「こちらのお二人にもお会いできてうれしいです」さらにもうひとつ、うそをつく。

「さてと、〈たそがれホーム〉では、お年よりのめんどうを見るのでいそがしいんでね。

いったいどんなご用件かしらね？」

「祖父に会いたいんです」ジャックは言った。

二人の看護師《かんごし》は、それをきいてクスクスと笑った。いったい、今のせりふのなにがおかしいか、さっぱりわからない。

「大変申し訳ないんだけどね、今はむりだよ」ガメツイ院長は答えた。

「ど、ど、どうしてですか？」ジャックは不安になってたずねた。

「おじいさまはお昼寝《ひるね》してらっしゃってね。ここのお年よりは、昼寝《ひるね》が大好きなんだよ。じゃましたくはないだろう？　それじゃ、あんまり自分勝手だと思わないかい？」

「ええ、でも、おじいちゃんはぼくがきていると知ったら、まちがいなく会いたがると思います。ぼくはたったひとりの孫なんです」

「おかしいね。ここにきてから、一度もジャックって名前は出さないけどね。もしかしたらぜんぶ忘れちまったのかもしれないよ」

ジャックを傷つけるために言ったのだとしたら、それは成功した。

ジャックは必死になってうったえた。

「お願いです！　祖父にどうしても会いたいんです。無事かどうかたしかめたいんです」

「いいかい、これで最後だよ。おじいさまは昼寝《ひるね》中なんだ！　薬を飲んだばっかりなんだよ」

院長はだんだんとイライラしてきたようだ。

「薬？　薬ってどういうことです？」

おじいちゃんに薬が必要だなんて、知らなかった。むしろおじいちゃんはいつも、どんな薬も飲もうとせず、「元気でぴんぴんしている」と言っていた。

「おじいさまがねむれるよう、個人的に処方したんだ」

「だけど、まだ夕方ですよね。今は寝《ね》なくてもいいはずです。いつも寝《ね》ている時間じゃないし。会わせてください！」

ジャックはぱっと前へ出て、中に入ろうとした。が、すぐさまローズ看護師《かんごし》におしもどされた。毛深い大きな手で顔をつかまれ、ボールみたいに投げ飛ばされたのだ。ジャックはよろめいて、砂利道《じゃりみち》にしりもちをついた。看護師《かんごし》たちはそれを見て、大笑いした。

「**ワア、ハッハッハッハッハッハッハッハッハッハッハッハッハ**

ツハツハツハツハツハツハツハツハツハツハツハツハツハツ
ハツハハツハツハツハツハツハツハツハツハツハツハハツハ
ツハツハツハツハツハツハツ」

ジャックはよろよろしながら立ちあがった。

「こんなことして、ただじゃすまないぞ。今すぐ、祖父と会わせろ！」

「お年よりの健康と安全が、あたしたち〈たそがれホーム〉の人間にとってなによりも大事なんでね」

ガメツイ院長の小さな目が、冬の低い太陽の光を受けてきらりと光った。

「だから、厳密《げんみつ》な時間わりにそって生活させているんだ。ほらね、ここに面会時間が書いてあるだろう……」ガメツイ院長はバトンで壁《かべ》の掲示《けいじ》を指した。

〈たそがれホーム〉
面会時間：日曜日　午後三時から三時十五分
遅刻厳禁《ちこくげんきん》
それ以外は、面会絶対禁止です

「一時間もないじゃないか！」ジャックは文句を言った。

「やれやれ、おあいにくさま」ガメツイ院長は意地悪そうに笑った。

「さあ、もうよければ、お年よりたちのことでなにかといそがしいんでね。性悪《しょうわる》のわがまな子どもにすべてをだいなしにさせるわけにはいかないんだよ。ローズ、ブラッサム？」

「はい、院長先生」二人は声をそろえて答えた。

「このお若いお客さんを敷地《しきち》の外までお連れして」

「はい、院長先生」

そう返事をすると、二人のがっしりした看護師《かんごし》は前へ進みでた。そして、両わきからジャックのうでをつかむと、汗ひとつかかず涼《すず》しい顔で門へむかってのしのしと歩きはじめた。ジャックがいくら足をばたつかせたところで、大きくて強い看護師《かんごし》に勝てるはずもない。

院長はジャックを見送りながら、ひとりほくそ笑み、小さく手をふった。

「じゃ、さよなら。また近々、会おうじゃないの！」

32 ヤナギ

ローズ看護師《かんごし》とブラッサム看護師《かんごし》は、ごみ袋《ぶくろ》みたいにジャックを門の外へ放りだした。
あとを追うように、三輪車も投げすてられた。

ガツン！

そして、巨大な鉄の門が自動でしまった。

ジー――ガシャン！

二人の看護師《かんごし》は門の中から、ジャックが起きあがって、三輪車にまたがり、キコキコとペダルをこいで去っていくまでじっと見ていた。
そのころには、空は夕日で真っ赤にそまっていた。夜がおとずれようとしている。〈**たそがれホーム**〉は荒野のはずれにあって、街灯と街灯の距離《きょり》も遠い。すぐに真っ暗になった。田舎の本物の暗さだ。

しばらくペダルをこいだあとで、ジャックはうしろをふり返ってみた。〈**たそがれホーム**〉は、はるかうしろに遠のき、看護師《かんごし》たちももう見えない。

ということは、むこうからもこちらは見えないということだ。

あいにくジャックは、おじいちゃんに会うことについては、「だめだ」という答えを答えとは思っていなかった。ガメツイ院長と看護師《かんごし》たちが信用できないのはまちがいない。そこで、森までくると、三輪車をおりてやぶの中にかくし、上を木の枝でおおった。おじいちゃんに教わった、イギリス空軍がスピットファイアーを空の敵機《てきき》からかくすのと同じ方法だ。

そして、徒歩でふたたびおどろおどろしい老人ホームにむかった。道路をさけて広野を進んでいく。行く先を照らしているのは月の光だけだ。そしてとうとう建物をかこんでいるへいまできた。ジャックの背よりはるかに高く、てっぺんには鉄条網《てつじょうもう》がくねくねと走っている。乗りこえるのはむりだ。なにか方法を考えなければ。それも、今すぐに。

すると、へいの横にヤナギの木が生えているのが目にとまった。枝が二本、うまい具合に〈**たそがれホーム**〉の敷地《しきち》の中へたれさがっている。ただひとつ問題があった。ヤナギの木は、どちらの見張り塔《とう》からも丸見えなのだ。見張り塔《とう》の上から、巨大なサーチライトの光が地面を走るように照らしている。危険《きけん》だ。ジャックはこわかった。これまで一度だって、こんなことをしたことはない。

ゆっくりと、しかし確実に、ジャックはヤナギの木にのぼっていった。冬で葉が落ちていたので、いくらか楽だ。ぶるぶるふるえながら上までいくと、今度は枝にそってじりじりと移動しはじめた。ところが、ぞっとするようなことが起こった。ジャックの重みで枝がしなり、ねむっていたワタリガラスの群れを起こしてしまったのだ。

カアア、カアア、カアア！

ワタリガラスたちはやかましい声をあげながら、空へ飛んでいった。

サーチライトの光がぐるりと回り、木へむけられた。

ジャックはすばやく幹の反対側まで移動して、光を避《よ》けた。幹にからだをおしつけ、息を殺してじっと待つ。

光はしばらくヤナギの木を照らしていたが、やがて別のところへ移動した。だが、今では、見張り塔《とう》の看護師《かんごし》たちもあやしみだしたにちがいない。ひとつでも誤《あやま》った動きをすれ

ば、つかまる。つかまったりしたら、院長になにをされるか、わかったものではない。

頭の中で十数えてから、ジャックはまた幹の反対側へもどり、両手と両ひざをついて、老人ホームの広大な敷地《しきち》にたれさがっている枝の上をはいはじめた。が、木のぼりになれていなかったため、計算ミスを犯した。いつも部屋で模型《もけい》飛行機の色をぬっているせいで、アウトドアのタイプではなかったのだ。枝の先まではっていけば、体重でうまい具合にしなってくれるだろうと思っていた。

ギシッ。

ところが、ジャックが思うほど、枝は丈夫ではなかった。

ギギギギギギィ。

そして、おれた。

ポキン！

33 へびのように

ジャックは背の高い草むらの中に落っこちた。見張り塔《とう》のサーチライトが〈たそがれホーム〉の地面の上をぐるぐると照らす。ジャックは落ちた衝撃《しょうげき》で息が苦しかったけど、音を立てないようにじっと身をふせていた。ちらりと横を見ると、サーチライトの光がこちらへ迫《せま》ってくる。パニックになり、逃《に》げだしたい衝動《しょうどう》にかられた。が、こういった状況《じょうきょう》のときどうすればいいか、おじいちゃんから教わったことを思いだす。筋肉《きんにく》ひとつ、動かしてはいけない。ようやくサーチライトが別のところへ移動していくと、ジャックはそろそろと顔をあげた。建物までは、なにも生えていない地面がまだまだつづいている。どうやったら、見られずに建物までいけるだろう？

そのとき、またおじいちゃんに教わったことを思いだした。身をかくすものがなにもない場所では、へびのようにずるずるとはっていけ。こうしたスキルを、まさか現実の世界で使う日がくるとは、夢にも思っていなかった。けれど、まさに今、ジャックはおじいちゃんに教わったとおり、冷たいぬれた草の上をずるずるとはいはじめた。

大変な道のりだったが、とうとう建物までたどりついた。

次の問題は、おじいちゃんがどこにいるのか、さっぱりわからないということだった。壁《かべ》からはなれないように建物にそって、まどがあるところでは頭をひっこめ、進んでいく。〈**たそがれホーム**〉には、入り口は――つまり出口も、ひとつしかなかった。正面玄関《げんかん》だ。看護師《かんごし》たちが二重三重にかぎをかけている。建物の裏《うら》にも出入り口があったが、そこは、レンガでふさがれていた。

見られないように注意しながら、こっそりまどのひとつをのぞいてみた。どうやら寝室《しんしつ》らしく、二十あまりのベッドがならんでいる。まだ六時をすぎたばかりだというのに、ベッドの上のおばあさんたちはみんな、ふとんにくるまっていた。ひとりひとり顔を見てみたが、全員ぐっすりねむっている。男の人はひとりもいなかったので、すぐに次のまどにうつった。そうやって、いくつかのぞいたあと、次に見た部屋はどうやら薬がしまってある部屋のようだった。床《ゆか》から天井《てんじょう》まで、錠剤《じょうざい》や液剤《えきざい》のびんや注射器《ちゅうしゃき》がびっしりならんでいる。白衣を着たいかつい感じの看護師《かんごし》が、その前をいったりきたりしていた。何千という薬があるにちがいない。ゾウの群れをまるごとねむらせることができそうだ。お年よりなら百人以上はいけるだろう。

さらに一階のまどをいくつかのぞいてみたが、きたならしいキッチンとだれもいないリビングしかなかったので、もうひとつ上の階を探《さが》してみることにした。そこで、ぐっと気合いを入れ、建物の壁《かべ》にとりつけてある排水管《はいすいかん》をのぼっていった。

二階の壁《かべ》の出っぱったところに足をのせて横伝いに進み、最初のまどまでいった。そこはオークの羽目板の立派なオフィスだった。院長が、机《つくえ》の前にある高級そうな革張《かわば》りのひじかけいすの背をたおしてもたれかかり、太い葉巻《はまき》をくわえていた。机《つくえ》の上に小さな足をのせ、頭の上にこい灰色《はいいろ》の煙《けむり》をくゆらせている。ほかの人の前では絶対に見せない、プライベート・バージョンのミス・ガメツイだ。

暖炉《だんろ》の上には、分厚い金の額縁《がくぶち》に収《おさ》められた院長の大きな肖像画《しょうぞうが》がかかっている。ジャックはなるべく壁《かべ》にからだをぴたりとよせたまま、頭をわずかにかたむけて、もっとよく見ようとした。上面に革《かわ》のマットがついている大きな机《つくえ》の上に積みあげた書類の山をよりわけている。そして、クリスタル製の灰皿《はいざら》に葉巻《はまき》を置くと、仕事にとりかかった。

① 書類の山から一枚とり、
上にトレーシングペーパーを重ねる。

② ゆっくりとていねいに、下の手書きの文字を
えんぴつでなぞっていく。

③ トレーシングペーパーをひっくり返し、
えんぴつの先を使って裏ぜんたいを黒くぬりつぶす。

④ 引き出しから別の白い紙をとり出し、
その上にトレーシングペーパーを、ぬりつぶしたほうを下側にして置く。

⑤ 写しとった手書きの文字を先のとがったものでなぞる。力を入れると、下の白い紙にぬりつぶしたときのえんぴつの黒鉛《こくえん》が写しとられていく。

⑥ タイプライターに紙をセットし、
残りの文面をタイプする。

すべてタイプしおわると、ガメッツイ院長はできあがった書類を満足げにながめた。そして、元の書類をくしゃくしゃにまるめて、暖炉《だんろ》の中に放りこんだ。紙が燃えていくのを見ながら、満足げな笑い声をもらす。そしてふたたび、長くて太い葉巻《はまき》をくちびるで包みこむようにくわえた。

いったいなにをたくらんでるんだ？

どういうことだろうと思ったとき、せまい出っぱりの上にのせていた足がすべり、ジャックはあわてて落ちまいとふんばった。

音をききつけたように院長がぱっと顔をあげた。ジャックは壁《かべ》にからだをぴったりとよせた。院長が立ちあがって、まどのほうに歩いてくる。そして、まどに鼻をおしつけたので、もともと上をむいている鼻がますます上をむいた。院長は外の闇《やみ》に目をこらした……。

34 口ひげ

ジャックはぴくりともせず、息をつめた。院長は〈**たそがれホーム**〉の二階にあるオフィスのまどから外を見つめている。葉巻《はまき》の煙《けむり》のにおいがするほど、すぐ近くだ。ジャックはむかしからたばこのにおいが大きらいだった。のどがむずむずして、せきがこみあげてくる。

だめだめだめだめ、どうかせきが出ませんように!

しばらく沈黙《ちんもく》に耳をすませたあと、院長は、まさかというように首をふって、どっしりとした黒いビロードのカーテンをしめた。オフィスの中は見えなくなった。

ジャックはとっさに今すぐ逃《に》げようと思った。パパとママに院長がよからぬことをたくらんでいるのを伝えるんだ。それから、はっと思いだした。今日は、放課後チェス・クラブにいくとうそをついたのだ。それに、パパとママが信じる可能性は低いように思えた。二人とも、〈**たそがれホーム**〉はおじいちゃんにとっていちばんいい場所だと納得《なっとく》しよう

としていた。

ジャックはそのままじりじりと進み、となりのまどまでいった。部屋の明かりは消えていたけれど、うす暗がりの中に浮《う》かびあがったものを見て、ジャックはぞっとした。棺《かん》おけがずらりとならんでいる！

さらに進んで、となりの部屋をのぞいた。そこは明かりがついていて、一見骨董屋《こっとうや》のように見えた。床《ゆか》から天井《てんじょう》まで古い絵画や花びんや時計がところせましとならべられている。どれも高価そうだ。すると、二人の看護師《かんごし》が、いかにも高そうな金のフレームの鏡を引きずるようにして入ってきた。そして、壁《かべ》にそろそろと立てかけた。こんなにたくさんのものを、いったいどこから運んできたのだろう？

宝物部屋《たからもの》

女性用寝室《しんしつ》

薬の保管室

オークの羽目板のオフィス

棺《かん》おけの部屋

リビングルーム

よごれたキッチン

　そのとき、サーチライトの明るい光が建物をかすめるようにして、ジャックのすぐ横を通っていった。ジャックはあわてて建物の角を曲がって、塔《とう》から見えないところまで移動した。
　そして、もうひとつ上の階までいこうと、氷のように冷たい排水管《はいすいかん》をつかんでのぼりはじめたが、すぐに指がかじかんできた。それでも、あきらめずにのぼりつづける。そして、いちばん近くにあったまどから中をのぞいてみた。ここも寝室《しんしつ》らしく、さっきの部屋よりもさらに広い。そこにぎっしりならべられた、どう見ても小さすぎるベッドに、おじいさんたちがねむっていた。さっきのおばあさんたちと同じで、おじいさんたちもぴくりともせずにねむりこんでいる。ジャックはおじいちゃんを見つけたい一心で、ねむっているおじいさんたちの顔に目を走らせた。世界でいちばん愛しているおじいちゃんが、元気かどうか、どうしてもこの目でたしかめたい。

ずらりとならんだベッドをひとつひとつ探《さが》していくと、まぎれもないイギリス空軍の口ひげが目に飛びこんできた。おじいちゃんだ！ おじいちゃんの目はぎゅっととじられ、ほかの人たちと同じように深い深いねむりについているようだった。

バランスをくずさないように、ジャックは片手でまどの鉄格子《てつごうし》につかまった。そして、もう片方の手を鉄格子《てつごうし》のあいだから差し入れ、外からあけられないかどうか指先でまどわくをぐるりとたどってみた。

あんのじょう、この要塞《ようさい》のほかのまどやドアと同じで、ここにもしっかりかぎがかかっていた。

はるばるここまできたのに、おじいちゃんと話もなにもしないで帰るなんてできない。ほかにやれることも思いつかないので、ジャックは思いきってまどをたたいてみた。

トントントン。

最初はそっとだったけれど、しだいに大きくなっていった。

トントントン。

ふいにおじいちゃんのぎゅっととじていた右目が開いた。そして、左目も開いた。それを見て、ジャックは大きな音でまどをドンドンとたたいた。おじいちゃんはガバと起きあがった。ぼろぼろのパジャマは、お古か、そのまたお古か、そのまたお古か、いや、そのまたまたまたまたお古くらいに見える。まどの外に孫がいるのを見て、おじいちゃんはにっこりほほえんだ。そして、すばやく左右を見まわしてだれも見ていないのをたしかめると、足音をしのばせて、まどのほうへやってきた。

おじいちゃんは内側から、声がきこえる程度に細くまどを開いた。

「少佐《しょうさ》！」おじいちゃんは孫をいつもの敬礼《けいれい》でむかえた。

「中佐《ちゅうさ》どの！」ジャックは鉄格子《てつごうし》につかまったまま、もう片方の手で敬礼《けいれい》を返した。

「見てのとおり、コルディッツ収容所《しゅうようじょ》にとじこめられてしまった。どこよりも守りのかたい捕虜収容所《ほりょしゅうようじょ》だ！」

ジャックはおじいちゃんの言うことを否定はしなかった。おじいちゃんの空想をぶちこわしたところで、ますます頭が混乱《こんらん》してしまうだけだ。それに、実際、〈**たそがれホーム**〉

は老人ホームというより捕虜収容所《ほりょしゅうようじょ》に近い。

「申し訳ありません、中佐《ちゅうさ》どの」

「少佐《しょうさ》、きみのせいではない。戦争にはつきものだ。逃《に》げだす方法もあるにちがいない。まだ見つけちゃあいないがな」

おじいちゃんのうしろで意識を失ったようにねむっているおじいさんたちを見て、ジャックはたずねた。

「みんなはぐっすりねむってるのに、どうして中佐《ちゅうさ》だけ起きてらっしゃるんですか?」

「はっはっはっ」おじいちゃんはいたずらっぽく笑った。

「看守《かんしゅ》はわれわれにむりやり薬を飲ませているのだ。まるでお菓子《かし》のように配ってな。わずか一錠《じょう》で、たちまち気絶したようにねむってしまう」

「どうして中佐《ちゅうさ》は飲まないですんだんです?」

「看守《かんしゅ》はベッドの横に立って、きちんと薬を飲んだかどうか見とどけるのだ。そこで、わたしは薬を口の中に入れ、飲みこんだふりをした。そして、となりの捕虜《ほりょ》のところへいったのを見計らって、吐《は》きだし、口ひげの奥《おく》にかくしておいたのだ」

そして、おじいちゃんはふさふさのひげの下からあざやかな色の小さな錠剤《じょうざい》を二つぶ、とりだしてみせた。

おじいちゃんは天才だ！

むかしも今も、おじいちゃんは英雄《えいゆう》だ。

「さすが、お見事です、中佐《ちゅうさ》どの」

「ありがとう、少佐。きみがきてくれて、うれしいよ。これで、わたしの計画を実行にうつせる。早ければ早いほどいい《トウタースウィーター》！【注：第一次世界大戦のときフランス語のtout de suite（すぐに）からできたスラング】」

ジャックはどういうことかわからなかった。

「なんの計画です？」

おじいちゃんはジャックを見て、にんまり笑った。

「脱出《だっしゅつ》計画だよ、もちろん！」

35 くつした　予備+予備分

計画の一部として、おじいちゃんは〈たそがれホーム〉にこっそり持ちこんでほしいもののリストをジャックにわたした。その夜、ジャックはベッドでリストを見てみたが、いったいどうやって脱出《だっしゅつ》作戦に使うのか、さっぱりわからないものばかりだった。

＊マーブルチョコ
＊ひも
＊くつした
＊輪ゴム
＊空き缶《かん》　数個
＊地図

*くつした　予備分
*マッチ
*スプーン
*おぼん
*ろうそく
*ローラースケート
*くつした　予備分＋予備分

マーブルチョコはかんたんだった。次の朝、学校へいくとちゅうでラジの店によって、たっぷり買っておいた。しかも、ついていることに、〈マーブルチョコを三十七個分の値段でなんと三十八個！〉というラジお得意のセールもやっていた。

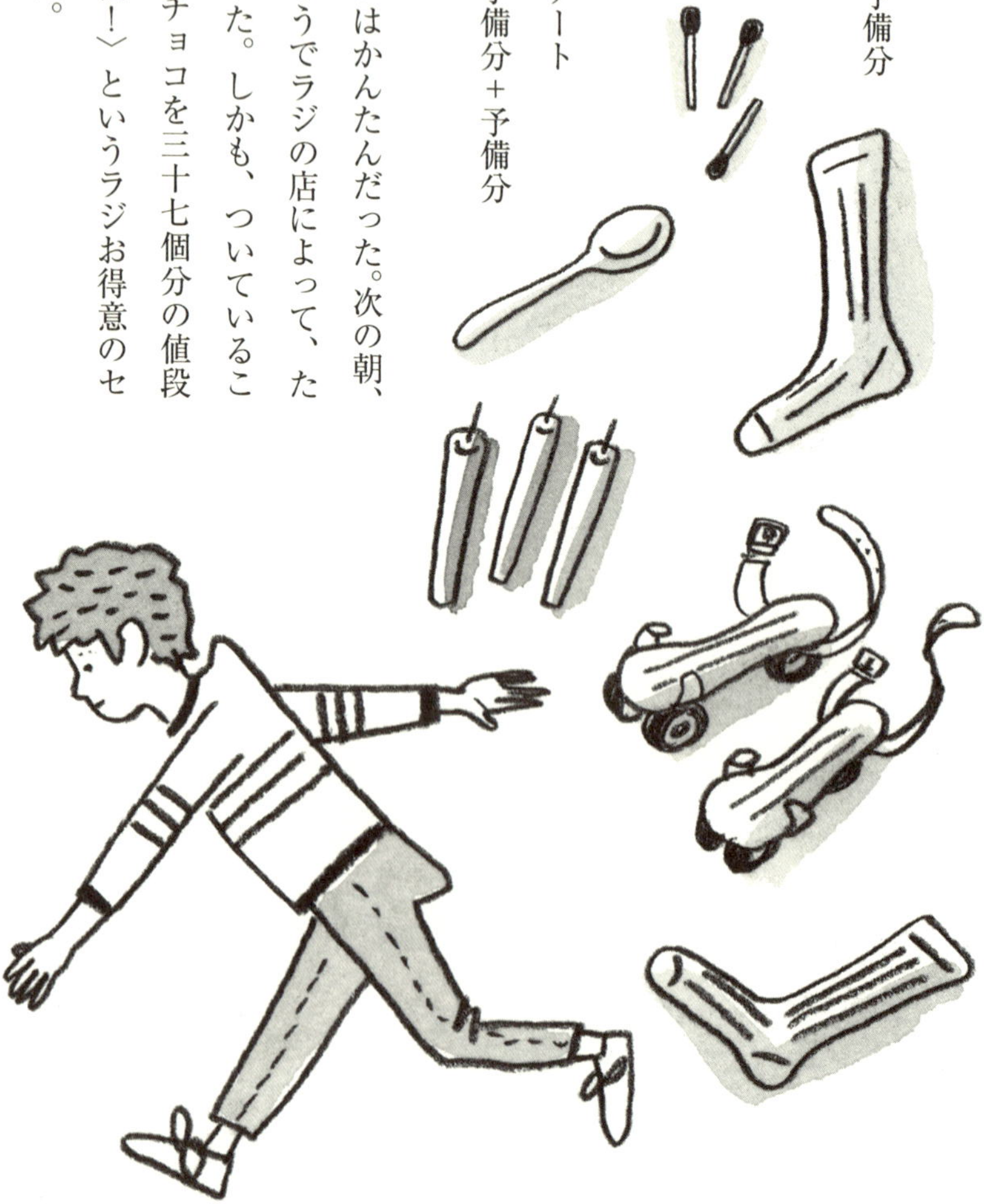

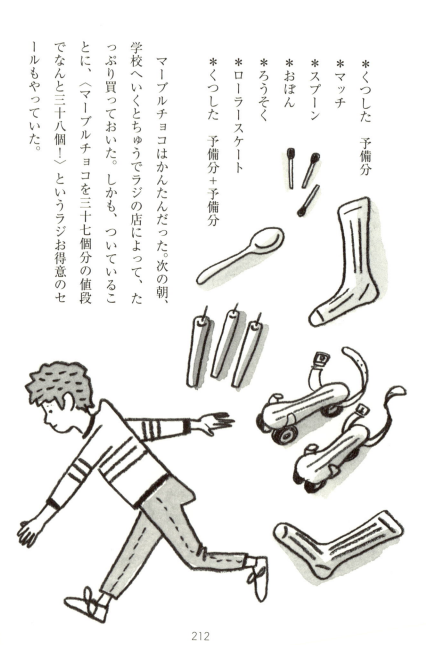

空き缶《かん》は、家のごみ箱からひろって、水で洗った。

ローラースケートは、地元のリサイクルショップで、安くて古いものが見つかった。

輪ゴムとひもとスプーンとろうそくとマッチは、家のあちこちの引き出しやら戸棚《とだな》やらから調達した。

くつしたも同じだ。家のあちこちに、パパのくつしたが片方だけ転がっている。少しくらいなくなったところで、パパは気づかないだろう。

くつしたが片方だけどこへ消えてしまうのか、その答えはだれも知らない。世界でも最大級のミステリーといっていいだろう。時間も空間もゆがめられてしまうというブラックホールか？　それとも、洗濯機《せんたくき》の裏《うら》に落っこちてしまったのか？　なんにしろ、ジャックのパパは、片方だけになったくつしたを山のように持っていた。

持ちだすのがいちばんむずかしかったのは、キッチンのおぼんだ。なにしろ、でかい。まっしかたがないので、ズボンのおしりにむりやりつっこんで、上から上着をはおった。まっすぐ立っているときは、問題なさそうだったけど、歩きだすと、ロボットみたいだった。

そんな調子で、その日は、持てる時間はすべておじいちゃんのリストにあるものを集めるのに費やし、それがすむと、二段ベッドの上の段にすわって、外が暗くなるのを待った。そして、パパとママがなにもうたがわずに、息子はぐっすりねむっていると思いこんだころを見計らって、おじいちゃんの先例にしたがい、部屋のまどからぬけだした。

その夜の月は、低いところで輝《かがや》いていた。〈**たそがれホーム**〉の敷地《しきち》は木々の長い影《かげ》におおわれている。ジャックは見つからないよう、細心の注意をはらいながら、ヤナギの木にのぼり、たれさがった枝のうちもう一本のほうを伝って、地面に無事着地した。それから、同じように草むらをはっていって、おじいさんたちの寝室《しんしつ》へむかって排水管《はいすいかん》をのぼっていった。

まどまでいくと、おじいちゃんは勝ちほこったように宣言《せんげん》した。

「脱出《だっしゅつ》用の穴《あな》をほるつもりだ！」

前の晩と同じで、ジャックが立っているのは建物の壁《かべ》が細く出っぱっているところだった。まどは外に鉄格子《てつごうし》がついているせいで、ほんの少ししか開かない。ジャックはそのせまいすき間から、おじいちゃんにたのまれたものをわたしながら、たずねた。

「穴《あな》をほる？」

あまりいい考えには思えない。

「なにで？」

「**スプーンさ！**　決まってるじゃないか、少佐《しょうさ》！」

36 スプーンで?!

「脱出《だっしゅつ》用の穴《あな》をスプーンでほるの?!」ジャックは耳をうたがった。「じゃなくて、えっと、スプーンで、へいのむこうまでトンネルをほるおつもりですか？」

「そうだとも、少佐《しょうさ》！」

おじいちゃんは鉄格子《てつごうし》のむこうから言った。

「今夜、さっそくはじめるぞ。なるべく早く、**高く、高く、そしてかなたへ**と、スピットファイアーを飛ばさんとならんからな。きみが帰ったらすぐさま、こっそり地下室までいって、床《ゆか》をけずりにかかるつもりだ」

ジャックはおじいちゃんの夢をぶちこわしたくなかったけれど、計画が失敗するのは、目に見えていた。地下室の床《ゆか》に穴《あな》をあけるだけでも、何年もかかるだろう。しかも、道具はスプーンだけ。サイズだって、特別大きいわけでもない。

「空き缶《かん》は忘れなかったか?」おじいちゃんはきいた。

ジャックは上着のポケットに手を入れて、すき間から豆の缶《かん》づめを二つ、差し入れた。

「もちろんです、中佐《ちゅうさ》どの。これはなににお使いになるんです?」

「バケツだよ、少佐《しょうさ》! バケツ代わりってわけだ! スプーンでほった土をここに入れて、滑車《かっしゃ》でトンネルから運びだすという寸法さ」

「じゃあ、ひもはそのためなんですか?!」

「あたりだ、少佐《しょうさ》。その調子!」

「でも、その土はどうするんですか?」

「そこが、悪魔《あくま》的なかしこさとも言うべきところなのだ。くつしたを使うのだよ!」

「くつした？　よくわからないのですが？」

ジャックはポケットに手を入れて、パパの古いくつしたの束をとりだした。

「これは穴《あな》があいとるじゃないか！」

おじいちゃんはくつしたを調べ、穴のあいたのを見つけて、文句を言った。

「すみません、中佐《ちゅうさ》どの。なにに使うか知らなかったものですから」

「こういうことだ、少佐《しょうさ》。つまり、夜じゅうほりつづけ、夜が明けたら、土はぜんぶくつしたにつめこむ。そして、てっぺんを輪ゴムで止め、土の入ったくつした、すなわちこれからは『土くつした』とよぶが、土くつしたをズボンの中にかくすのだ。そして、コマンダントに庭仕事に回してくれるよう、願いでる」

「コマンダント？」ジャックは意味がわからず、きき返した。

「そうだ、しっかりしろ！　この捕虜収容所《ほりょしゅうようじょ》の所長だ」

院長のことか！

「そうでした、中佐《ちゅうさ》どの！」

「そして、花だんにいったら、警備《けいび》兵が見ていないのを確認して、土くつしたの輪ゴムをひっぱり、やっほー！　土をすてるというわけだ！　それから、ペンギンのようにぺたぺたと足ぶみをし、花だんの土とまぜてしまえばいい」

おじいちゃんは説明しながらペンギンみたいに歩きまわってみせた。

「まだおぼんとローラースケートの使い道がわかりません、中佐《ちゅうさ》どの」

「今から話すところだ！　おぼんの下にローラースケートをとりつける。そして、その上にあおむけに乗って、トンネルの中を行き来するというわけだ」

「なるほど、中佐《ちゅうさ》どのはすべてを考えていらっしゃるんですね」

「天才的だろう、少佐《しょうさ》。**まさに天才的だ！**」

おじいちゃんはちょっと大きすぎる声で言った。

「ほかの人たちを起こさないように注意しなければ、中佐《ちゅうさ》どの」

ジャックはささやいて、ねむっているおじいさんたちを指さした。

「爆弾《ばくだん》が降ってきたって、起きやしないさ。警備《けいび》兵にわたされる睡眠薬《すいみんやく》は、サイもねむらせることができるようなものなのだ。仲間の捕虜《ほりょ》たちは、一日一時間くらいしか起きていない。水っぽいスープをかきこんだだけで、またベッドへぎゃくもどりだ！」

「そこで、マーブルチョコの出番というわけですね！」ジャックは言ってみた。

「そのとおりだ、少佐《しょうさ》！　いまいましい薬は量が多すぎて、口ひげの中にかくしきれん。コマンダントが、あやしみだしているのだ」

「本当ですか、中佐《ちゅうさ》どの？」

「本当だ。なぜわたしがほかの者たちよりも長く起きているのか、知りたがっている。それで、警備兵《けいびへい》どもがわたしの薬を倍にして、目を光らせて監視《かんし》しているのだ。そこで、やつらの薬保管室へ侵入《しんにゅう》して、わたしの分の薬をマーブルチョコにすりかえようと考えたのだ。そもそもの供給《きょうきゅう》の時点で食い止めるという計画だ。そうすれば、何錠《じょう》飲んだところで影響《えいきょう》はないからな。しかも、マーブルチョコはわたしの大好物なのだ」

　そう言われて、ジャックはマーブルチョコも手わたした。たしかに大胆《だいたん》かつすばらしい計画だ。でも、ジャックは、今立っているせまい出っぱりから、〈**たそがれホーム**〉の敷地《しきち》を見わたしてみた。外のへいまでは、少なく見積もっても百メートルはある。あそこまでほるには、一生かかるだろう。しかも、道具はスプーン一本と、古くつしたと、ローラースケートをくっつけたおぼんだけなのだ。

しかも、おじいちゃんに残された「一生」は、長くはない。

なんとか手助けしなければ。

でも、なにをすればいいんだ?

37 暗くて、気味の悪いもの

日曜日、〈たそがれホーム〉の面会日だ。まあ、面会時間があるといっても、実際は一時間もないから、ほんとは面会「時間」とはいえない。十五分間しかないのだ。午後三時から三時十五分のあいだだけ。それ以外の時間に家族に会おうとすれば、ジャックがやられたみたいに、看護師《かんごし》たちに外へつまみだされることになる。

ここまでくる車の中で、ジャックとパパはほとんどしゃべらなかった。

ジャックのパパは運転席でひたすら前を見つめ、ひと言も口をきかなかった。うしろの席から、バックミラーに映っているパパの目がちらりと見えた。涙《なみだ》でくもっていた。

ママは助手席で、沈黙《ちんもく》をうめようとあれこれくだらないことを言いつづけていた。うそだとわかっているのに自分を納得《なっとく》させるために使うような、手あかのついたせりふばかりだ。「これがいちばんよかったのよ」とか「うちにいるより、ずっと幸せだと思うわ」とか、あげくのはてには「そのうち、ホームでの生活を楽しめるようになるわよ」なんて言いはじめた。

ジャックは、だまっているしかなかった。パパとママは、息子がすでに二回もこっそり〈**たそがれホーム**〉にいっているなんて、夢にも知らない。あのホームはあやしいと言ったって、パパたちが信じるとは思えないけど、今日いったら、なにかおかしいと気づいてくれるかもしれないと期待していた。

門の前までくると、パパは車をおりて、あけようとした。とたんに、前にきたときの電気ショックのことがよみがえってきて、ジャックは思わずさけんだ。

「まずベルを鳴らして！」

パパはふしぎそうな顔をしたけど、言われたとおりにした。ジーッと音がして、門はゆっくりと開いた。パパが車にもどってきて、ジャックたちはホームの中に入った。

すりへったタイヤが砂利道《じゃりみち》でスリップする。車ががくんとゆれたひょうしに、〈**たそがれホーム**〉がぶきみな姿《すがた》を現わした。

「まあ、とっても、ええと、すてきじゃない?」ママが言った。

正面玄関《げんかん》の前に車を止めると、パパはすぐにエンジンを切った。ジャックの耳がピクンとした。ホームから音楽がきこえてきたからだ。すぐになんの曲かわかった。

タッタタ、タタタタ、タッタタ、タタタタ
『バーディ・ソング』だ。一度頭の中で流れはじめるとはなれなくなる、うっとうしくてたまらない曲だ。

タッタタ、タタタタ、タッタタ、タタタタ
ボーカルのない演奏《えんそう》だけのレコードが、最近、大ヒットしていた。

タッタタタタタタ
結婚式《けっこんしき》からパーティーから子どもの誕生会《たんじょうかい》まで、国じゅうがこの曲一色なのだ。

タッタタタタタタ

この曲ときたら、ほら、楽しいだろう！ってさけんでくる。

タッタタタタタ、タッタタタタタタ、タッタタタタタ、タタタ

でも、ちっとも楽しくない。拷問《ごうもん》だ。

タッタタタタタタタ、タッタタタタタタタ

ジャックは仰天《ぎょうてん》した。玄関《げんかん》から、紙のパーティー帽《ぼう》をかぶったガメツイ院長が、はずむような足どりで飛びだしてきたからだ。

「まあまあまあ、いらっしゃいませ！」

院長ははしゃいだ口調で言ったけれど、頭にのっけているバカみたいな帽子《ぼうし》と同じくらい、がらじゃない。それから、ガメツイ院長は目をぎょろりと動かし、親たちには気づかれないように、ジャックをにらみつけた。なにを言いたいのかは、明らかだ。めんどうを起こしたら、ものすごーくめんどうなことになるよ、と警告《けいこく》しているのだ。

「さあさあ、お入りくださいな！」

院長は一家を中へ招き入れた。ジャックはタカのように目を光らせて部屋を見まわし、パーティーのかざりの陰《かげ》に半分かくれた掲示《けいじ》を見つけた。

〈たそがれホーム〉規則

ガメツイ院長先生の命令により――

＊宝石《ほうせき》や時計や貴重品といった私物品はすべて、入所時に院長のオフィスにあずけること。

＊看護師《かんごし》はみな、高度な訓練を受けたプロなので、どんなときでもかならずしたがうこと。

＊静粛《せいしゅく》にすること！　スタッフに話しかけられたとき以外は、しゃべらないこと。

＊お茶に文句を言わないこと。だれかがおしっこをしたお風呂の残り湯のような味だが、それは本当にそうだからである。

＊午後五時消灯を厳守《げんしゅ》すること。それ以降《いこう》、起きているところを見つかれば、罰《ばつ》として、歯ブラシだけでトイレそうじをしなければならない。

＊お風呂は、毎月第一月曜日。お湯は、入居者全員で使うこと。

＊暖房《だんぼう》は、常にスイッチを切っておくこと。寒い場合は、何度かジャンプすればよい。

＊面会客が持ってきたケーキやビスケット、チョコレートなどの菓子《かし》類は、すぐに看護師《かんごし》にわたすこと。

＊トイレットペーパーは一回、ミシン目ひとつ分の使用におさえること。
このルールは「小」「大」両方に適用。
＊かならず薬を飲むこと。忘れた場合、同部屋全員の連帯責任となり、未来永劫罰《えいごうばっ》せられる。
＊口笛およびハミングは絶対禁止。
＊ひと部屋につき、おまるはひとつ。それ以上、要求しないこと。
＊与《あた》えられた食事は、たとえくさっていようとも、すべて食べること。
少しでも残した場合は、翌日の食事に出す。
＊院長とは、目を合わせないこと、直接話しかけないこと。
＊昼も夜も、パジャマかネグリジェを着用すること。
＊どんなときでも、ホームの敷地《しきち》から出ないこと。
出ようとしたものは、ベッドにくさりでしばりつける。
＊不満のある人は、書いて、意見箱へ入れること。毎週金曜日の午後に中身を出し、燃やします。

では、ごゆっくりおすごしください。

でも、ママの目に入ったのは、掲示《けいじ》ではなく、掲示《けいじ》をかくしている風船や色とりどりのテープのほうだった。

「まあ！　院長先生、今日はパーティーなんですか？」

「ええ、そうとも言えますし、そうでないとも言えます。〈たそがれホーム〉では毎日がパーティーなんですよ！」院長はうそをついた。

「さあ、リビングルームへいって、どうぞいっしょに、お、お、お楽しみください」

どうやらガメツイ院長は「楽しい」という言葉をすんなりと口にできないらしい。それどころか、まるで毒でも吐《は》きすてるような言い方だ。ママもパパも、どうして院長がはら黒いやつだってことがわからないんだ？

ありがたいことに、『バーディ・ソング』はやっと終わった。ところが、終わったとたん、がっしりした看護師《かんごし》がレコードプレイヤーの針を持ちあげ、また最初からかけはじめた。

タッタタタタタタ、タッタタタタタタ
リビングルームには、大勢のお年よりとさらに大勢の看護師《かんごし》たちがいた。

一見、お年よりは音楽に合わせて楽しそうにからだを動かしているように見える。

「すてきじゃない、バリー？　お年よりたちみんなでパーティーだなんて！」

ママは言った。パパはわずかにうなずいたけど、ちゃんときいていなかった。父親を探《さが》してきょろきょろと部屋を見まわしていたのだ。

「ええ、奥《おく》さま……」ガメツイ院長は言いかけた。

「バーバラってよんでくださいな。短くしてバブスでもいいわ」

「では、バブス、自分で言うのもなんなんですけど、〈**たそがれホーム**〉が特別なのは、入居者の方々がみんな幸せいっぱいだからだと、みなさんがおっしゃってくださるんですよ。それは、ここの楽しい雰囲気のおかげだと思うんです！　わたしたち、みんなパーティーのプロですから！」

ジャックは、はら黒い院長がママにとりいるようすを見て、心の中でののろった。

すると、院長が唐突《とうとつ》にパパにむかって言った。

「ああ、そうだわ、たいしたことじゃありませんけど、お願いした、おとうさまの遺言書《ゆいごんしょ》は持ってらっしゃいましたか？」

「ああ、持ってきました。ここにあります」

パパは上着の内側のポケットに手を入れると、封筒《ふうとう》をとりだして、院長にわたした。

これか！

院長がオフィスでこそこそやっていたのは！

これで、院長がトレーシングペーパーを使ってなにをしていたか、はっきりわかった。お年よりたちの遺言書《ゆいごんしょ》をタイプライターで都合のいいように書き直し、トレーシングペーパーに写しとったサインを上からなぞって、サインを偽造《ぎぞう》していたのだ。そうやって、自分を相続人にしていたにちがいない。それなら、部屋いっぱいの宝《たから》の山の説明もつく。

大がかりな詐欺行為《さぎこうい》だ。

「ありがとうございます！　念のため、オフィスにしまっておく必要があるだけなんですよ」

「ママ！　パパ！」

パパとママに話さなきゃ。

「ちょっとしずかにしてて、ジャック。すてきな院長先生がお話し中でしょ」ママが言う。

「ええ、わたしたちの代わりにあずかっていてください。ありがとうございます」

パパもうなずいた。
せっぱつまってまわりを見まわしたとき、おそろしいことに気づいてしまった。
ひれつで、ぶきみで、からだの芯《しん》までぞくっとするようなおそろしいことに。

38 腹《ふく》話《わ》術《じゅつ》の人形

ジャックは、リビングルームのお年よりはだれひとり、自分で動いているのではないことに気づいた。**〈たそがれホーム〉**の筋肉《きんにく》りゅうりゅうの看護師《かんごし》たちが、腹話術師《ふくわじゅつし》が人形を動かすように、あやつっているのだ。あそこにいる、補聴器《ほちょうき》をつけて口笛をふいているおじいさんは、手拍子《てびょうし》しているように見える。でも、よくよく見ると、ローズ看護師《かんごし》がおじいさんの手をつかんで、手拍子《てびょうし》させているではないか。

あっちの、曲に合わせて頭をふっているように見えるおばあさんも、ブラッサム看護師《かんごし》がむりやり頭を動かしている。鼻が赤くて片メガネのおじいさんは、社交ダンスのチャンピオンみたいだ。自分よりずっと背の高い看護師《かんごし》を、ダンスフロアにでもいるようにくるくる回している。でも、本当に？　よくよく注意してみると、回しているのは、バイオレット看護師《かんごし》のほうだ。小さなおじいさんは持ちあげられて、スリッパが床《ゆか》の上を引きずっている。目はとじているし、いびきをかいている。

その日は、バンティング一家のほかにもかなりの家族が面会にきていた。なにしろ、一週間のうち、こられるのはこの十五分だけなのだから、あたりまえだ。牛乳びんの底みたいなメガネをかけたおじいさんは、奥《おく》さんに会いにきたらしい。奥《おく》さんは小鳥みたいに小さいおばあさんだ。いっしょにチェスをやっているように見えるけれど、実際にはいちばんからだの大きなチューリップ看護師《かんごし》が、おばあさんのカーディガンのそでにうでをつっこんで代わりにこまを動かしていた。どうしてわかったかというと、小柄《こがら》なおばあさんの手が巨大で毛深かったからだ。

むこうでは、二人の小さい子どもがやや太めのおばあさんといっしょにすわっている。子どもたちのおばあさんなのだろう。子どもたちのお母さんはまったく興味のなさそうなようすで、ぼろぼろになった雑誌をめくっている。おばあさんは孫たちの頭をなでているように見えたけれど、ジャックはその手につり糸がくっつけられているのを見のがさなかった。光があたってかすかに光っている糸をたどっていくと、部屋のむこうまでつづき、その先はカーテンのうしろにかくれている。見ると、ヒヤシンス看護師《かんごし》がつりざおを持ってかくれていた。さおを上下させると、おばあさんの手も動くというわけだ。

ひどいペテンだな。ジャックは思った。ガメツイ院長が毎週日曜に面会にくる家族のために、このくだらないショーをくりひろげているのはまちがいない。

たいていの人はだまされるだろうけど、ぼくはちがう。

「ガメツイ院長、ぼくのおじいちゃんはどこですか？　おじいちゃんになにをしたんです？」

院長はにっこりほほえんだ。

「みなさんが着いてすぐ、おじいさまをよびにやりましたからね。すぐにでもここにいらして、パーティーに参加なさると思いますよ……」

それが合図だったかのように、リビングルームのドアが勢いよく開いた。おじいちゃんが、ものすごく古そうな木製の車いすに乗って現われた。おしているのは、うでにどくろのタトゥーを入れた金歯のデイジー看護師《かんごし》だ。おじいちゃんはぐっすりねむりこんでいた。

大変だ。けっきょく睡眠薬《すいみんやく》を飲まされちゃったんだ。

デイジー看護師《かんごし》が車いすをちらちら光っているテレビの前で止めると、ジャックはそちらへ走っていった。ジャックとおじいちゃんのきずなの強さを知っていたから、ママとパパはしばらく二人きりにしてやることにした。

ジャックはおじいちゃんの手をぎゅっとつかんだ。

「やつらになにをされたの？」ジャックは声に出してきいた。

おじいちゃんが答えるとは思っていなかったけど、おじいちゃんはパチッと片目をあけた。そして、瞳《ひとみ》をくるっと動かして、孫を見つめた。

「ああ、きみか、少佐《しょうさ》！　こっそり潜入《せんにゅう》したのだな？」おじいちゃんは小声で言った。

「はい、中佐《ちゅうさ》どの」

ジャックはちょっとためらいながらもうなずいた。

「よくやった。マーブルチョコ作戦はうまくいったぞ！」

おじいちゃんがそう言ってウインクしたので、ジャックは思わずにっこりした。

おじいちゃんはやつらを出しぬいたんだ！

おじいちゃんは部屋を見まわして言った。

「さて、少佐《しょうさ》、どうだね、外へ出て、『庭仕事』でも？」

ジャックはすぐにおじいちゃんの言いたいことを理解して、ウインクし返した。

39 モーロク

ガメツイ院長は、おじいちゃんとジャックがリビングルームを出ていくのを、するどい目で見つめていた。今日は家族の面会日なので、かぎはかかっていなかったから、二人は外に出て、庭へむかった。ジャックのママとパパはあたたかいリビングに残って、まどから二人のようすを見ていた。

建物からじゅうぶんはなれると、おじいちゃんは土のつまったくつしたを二本、ジャックにわたし、ズボンのそれぞれの足に一本ずつかくすように言った。そして、立派とはいえない（というか、球根が二つ、土から飛びだしているだけの）花だんまでいくと、ジャックはおじいちゃんの指示にしたがってペンギンみたいにぺたぺたと歩きまわり、まずおじいちゃんが、次にジャックが輪ゴムをひっぱって、土くつしたの中身をあけた。土はぽろぽろと少しずつ足を伝って落ち、ズボンのすそから地面にばらまかれた。見張り塔《とう》の看《かん》護師《ごし》たちが見ていないのを確認すると、二人は足でふんで、くつしたの土と花だんの土をなじませた。

「昨日の夜の土はこれでぜんぶですか、中佐《ちゅうさ》どの？」

「そうだ、少佐《しょうさ》」おじいちゃんはほこらしげに言った。

ジャックはわずかな量の土を見おろした。空き缶《かん》数個分もないだろう。この調子じゃ、トンネルが完成するのは、二〇八三年になるにちがいない。

「つまり……」

ジャックは言いかけたけれど、おじいちゃんの気持ちを傷つけるのではないかと思うと、つづけられなかった。

「はっきり言え！」おじいちゃんは言った。

「ええと、つまり、トンネルはいつまでも完成しないのではないかと心配になったんです。ひと晩でほりだせる土の量がこれだけだとすると」

おじいちゃんは、さげすんだようにジャックを見た。

「スプーンだけで床《ゆか》に穴《あな》をあけようとしたことはあるか？」

この質問なら、考えなくても即答《そくとう》できる。地球上のほとんどの人と同じで、ジャックはそんなことをするほどトンマではなかった。

「いいえ」

「なら、言わせてもらうが、実に大変極まりない仕事なのだ！」

「では、ぼくは脱出《だっしゅつ》計画をどうお手伝いすれば？」

おじいちゃんはしばらく考えた。

「もう少し大きなスプーンを持ってくるとか？」

「つつしんで申しあげますが、中佐《ちゅうさ》どの、スプーンの大きさが変わったところでたいして変わらないかと思います」

「この悪魔《あくま》のような収容所《しゅうようじょ》から脱走《だっそう》するためなら、なんだってする。イギリス空軍将校として、逃《に》げるのはわたしの義務だからな。明日の夜、もっと大きなスプーンを持ってきてくれ！」

「スープ用の？」

「いや、きびしい任務となるが、料理をとりわけるときに使う大スプーンをお願いしたい！」

「わかりました、中佐《ちゅうさ》どの」ジャックはぼそぼそと答えた。

「少佐《しょうさ》、ここでわたしががんばれるのも、わがスピットファイアーのもとへもどるという望みがあるからだ」

そのとき、もはやうたがいをおさえきれなくなったのか、ガメツイ院長が飛びだしてきた。肩《かた》にかけたケープをはためかせ、ハイヒールをぐらつかせながら庭をつっ切ってくる。両わきを固めるのは、子分のローズ看護《かんご》師《し》とブラッサム看護《かんご》師《し》だ。二人とも、からだが大きく、筋肉《きんにく》りゅうりゅうで、看護《かんご》師《し》というよりボディーガードみたいだ。ママとパパもふうふう息を切らしながら、こちらへやってきた。

「庭仕事ですか?」院長はいかにももうたがわしそうな口調でたずねた。

「はい、そのとおりです。花だんの手入れをしているところです、コマンダント!」

おじいちゃんは大きな声で言った。

「コマンダント? このバカなおいぼれは、ここを捕虜収容所《ほりょしゅうようじょ》だと思ってるのかい!」

院長はさもおかしそうに大笑いした。二人の看護師《かんごし》は頭の回転が少々おそかったので、しばらくしてからやっといっしょになって笑った。

「**わっはっはっ!**」

ママとパパが花だんまでくると、院長は見られているのに気づいて言った。

「まあまあ、ユーモアのセンスがないと、この〈**たそがれホーム**〉で働いてられませんわね!」

「そうですとも、院長」ローズ看護師《かんごし》がどら声で相づちを打つ。

「ここのお年よりはほとんど、頭がボケてるけどね。このおじいちゃんは、ボケ中のボケだね」

「ひどいことを言うな！」ジャックはどなった。

「親切な院長さんに失礼な口をきかないの」ママが言った。

「ほうら！　すっかりもうろくしちゃって！」

「コマンダント、わたしの名前はモーロクではありません。バンティングです！　グロスターの五〇一中隊には、モーロクという名の空軍大尉がいたと思いますが」

「まったく。さて、外はちょっと寒くなってきたみたいですね」

院長は言った。

「そうですね」

パパはやせていたので、寒さでふるえていた。

「ローズ、ブラッサム、申し訳ないけど、お気の毒なバンティングさんが中へもどるのに、手を貸してあげてちょうだい」

ガメツイ院長は命令した。

「バンティング中佐《ちゅうさ》とよんでもらいたい！」

おじいちゃんは抗議《こうぎ》した。

「はいはい、そうでしたね」

ガメツイ院長はいやみたっぷりに言った。ローズ看護師《かんごし》とブラッサム看護師《かんごし》はおじいちゃんの足首をつかむと、さかさにぶらさげて建物の中にもどっていった。

「おじいちゃんから手をはなせ！」ジャックはどなった。

「あんなふうに運ぶ必要があるんですか？」パパはうったえるように言った。

「背骨のいたみにきくんですよ」院長は明るく答えた。

ジャックはこれ以上がまんできずに、うしろから看護師《かんごし》のひとりに飛びかかった。しかし、すぐさま蝿《はえ》のようにはたきおとされた。

「ジャック！」ママはジャックのうでをつかんで、引きもどした。

「口をわる気はないぞ、コマンダント！」おじいちゃんは運ばれていきながら、さけんだ。

「陛下と国を裏切《うらぎ》るくらいなら、死んだほうがましだ！」

「コマンダントとはね。信じられない！　笑わせてくれるわ！」そして、ガメツイ院長は時計を見ると、言った。

「さあ、みなさん中へ入って、パーティーを楽しみましょう。まだ面会時間がまるまる二分も残ってますからね！」

院長はママとパパをうながした。

「どうぞ、お先に、バーバラ、バリー」

そして、自分はすぐに入らずに、ジャックを待って、ジャックにだけきこえるように言った。

「なにかたくらんでるのは、お見通しだよ、クソガキめ……ちゃんと見てるからね」

ジャックの背すじに冷たいものが走った。

40 パンツ・ロープ

次の日の夜、ジャックは部屋の二段ベッドの上でむくりと起きあがった。まくらの下には、ランチの時間に学校の厨房《ちゅうぼう》からくすねてきたとりわけ用のスプーンがかくしてある。ズボンにおしこむと、足が木の棒《ぼう》になったみたいにぎくしゃくした。

頭の上にぶらさがっている模型《もけい》飛行機を見て、ジャックは心が引きさかれるような気持ちになった。おじいちゃんには、今夜また〈たそがれホーム〉にしのびこむと約束した。でも、いくらスプーンが大きくなったって、おじいちゃんが脱出《だっしゅつ》できる可能性は、万にひとつもない。こんなごっこ遊びをつづける唯一《ゆいいつ》の理由は、おじいちゃんに希望を失わせないためだった。**おじいちゃんはトンネルをほることで生きのびられるかもしれない。決して実現しない脱出《だっしゅつ》の夢を見て……。**〈たそがれホーム〉とガメツイ院長のことは心から憎《にく》んでいたけれど、ほかに計画がないのもたしかだった。もう一度パパとママに話してみたけれど、むだだった。二人とも、ジャックがボケてしまったおじいちゃんとずっといっしょにいたせいで、とっぴな空想をしているだけだと思いこんでいるのだ。ママたちにしてみれば、またいつもの空想ごっこにしか、思えなかった。

けっきょく、ジャックはおとといとまったく同じように夜がふけるのを待ち、とりわけ用のスプーンをつかむと、部屋のまどから外に出た。〈**たそがれホーム**〉にようやくついたジャックは、壁《かべ》を見て不安になった。おじいちゃんの部屋のまどまでのぼるのに使っていた排水管《はいすいかん》が、壁《かべ》から引きはがされ、ばらばらになって砂利道《じゃりみち》に散らばっているではないか。院長たちに気づかれたのだろうか？　ほかに上までのぼる方法はない。なにかワナが待ち受けているかもしれない。そのせいで、おじいちゃんがますますひどい目にあったら。ジャックはすぐさま引き返すことにした。ところが、草むらの中をそろそろともどりだしたとたん、屋根の上から音がきこえた。

ギシッ……。

小さな木戸が開いたような音だった。**ガメツイ院長か？　それとも看護師《かんごし》？　やっぱりワナだったのか？**

見あげると、屋根に設けられた小さなハッチから黒い人影《ひとかげ》がはいでてきた。

おじいちゃん！

パジャマ姿《すがた》のまま、なんとかせまいハッチを通りぬけようとしている。出口はかなり小さい。むりやりからだをひっぱりだしたひょうしに、パジャマのボタンがはずれて、たれたおしりが丸見えになった。おじいちゃんは屋根の上にはいでると、立ちあがった。そして、体勢を立て直すと、パジャマのズボンをグイッとひっぱりあげた。

屋根はかなり急で、しかも荒野から強風がふきつけてくる。それでも、おじいちゃんはふらふらしながら屋根のはしまでたどりついた。

ジャックはせいいっぱい声をひそめて、おじいちゃんによびかけた。

「どうしてそんなところにいるの?!」

おじいちゃんは、どこから声がきこえてくるのかわからずに、一瞬《いっしゅん》、ふしぎそうな顔をした。

「下だよ！」

「おお、少佐《しょうさ》！　よくきた！　だが、『いったいどうしてそんなところにいらっしゃるんですか、中佐《ちゅうさ》どの？』だろう？　戦時中だからといって、礼儀《れいぎ》を忘れてはいかん」

「申し訳ありません、いったいどうしてそんなところにいらっしゃるんですか、中佐《ちゅうさ》どの？」

「コマンダントがなにかあやしいと気づいたようなのだ。収容所《しゅうようじょ》をすみからすみまで調べさせてな。警備兵《けいびへい》のひとりが、地下にほったトンネルを発見してしまった。まあ、『トンネル』と言ったが、要はわたしがスプーンで床《ゆか》をけずったあとということだ。逃亡《とうぼう》計画が進行中だということが、明るみに出てしまったのだ。さっき警備兵《けいびへい》たちがいきなり入ってきて、あらゆるものを破壊《はかい》した。にっくきやつらめ！　手がかりを見つけようと、家具をこわし、ベッドをひっくり返したのだ」

「スプーンは見つかってしまったんですか？」

「まさか！　ぎりぎりでしりのあいだにはさんでかくしたのさ！　だが、ずっとはさんでおくのはむりだからな。新しい計画を立てるしかなかった。それで、今夜、脱走《だっそう》することにしたのだ！」

「今夜？」

「そうだ、少佐《しょうさ》」

「しかし、中佐《ちゅうさ》どの。どうやってそこからおりるおつもりですか？　そこは四階なんですよ」

「そうなのだ。パラシュートを持ってこなかったのは、一生の不覚だ。しかし、まんまとこいつをつなげたのだ！」

おじいちゃんはそう言って、そそくさとハッチにもどると、ロープのようなものをひっぱりだした。だが、よく見ると、ロープではない。なんとつなげられているのは、フリルのついた下着ではないか。三十枚はある。

「いったいどこにそんなにたくさんの下着が？」

「これは、わたしのものではないぞ、少佐《しょうさ》。きみが言おうとしているのがそういうことならな」

「ちがいます！」

それにしても、信じられない数の下着だ。より正確に言えば、信じられない数の「パンティ」だ。

「洗濯室《せんたくしつ》に干してあったのだ！　女性用の下着がずらりとな。しかも、ぜんぶＬＬサイズなのだ。なんともふしぎだ！」

おじいちゃんは丸めてあったパンツのロープをそろそろと屋根からおろし、地面までたらした。

大変だ！　おじいちゃんは、フリフリのパンツのロープで登山家みたいに懸垂下降《けんすいかこう》しようとしてるんだ。

「気をつけて、おじいちゃん、じゃなくて、中佐《ちゅうさ》どの」

ジャックは地面から、おじいちゃんがパンツ・ロープのはしを〈たそがれホーム〉のてっぺんの鐘楼《しょうろう》に結びつけるのを見ていた。

「結び目がほどけないようによくたしかめてください、中佐《ちゅうさ》！」

ジャックは上へむかってさけんだ。

かつてのイギリス空軍将校は、そんなふうに指示されるのを好まなかった。

「女性用の下着のあつかい方くらい、心得ておる。よけいなお世話だ！」

おじいちゃんはパンツ・ロープを何回かひっぱって、しっかりと結ばれているかどうかたしかめた。そして、両手でぐっとつかむと、建物の壁《かべ》に足をふんばるようにして少しずつおりはじめた。シルク製のパンツはびっくりするくらい丈夫だった。おじいちゃんがぶらさがっても、びくともしない。

おじいちゃんはじりじりとおりてきた。

一度、足をすべらせたときは、もうだめだと思った。ぬれたレンガでスリッパがすべってしまったのだ。ぬげたスリッパが落ちてきて、ジャックの頭を直撃《ちょくげき》した。

ペシン！

「少佐《しょうさ》、すまん。心からおわびする」

ジャックはスリッパをひろって、ぎゅっとにぎりしめた。おじいちゃんの力と運動神経

はすごい。とうとうおじいちゃんが地面にたどりつくと、ジャックは敬礼《けいれい》して、勲章《くんしょう》のようにスリッパを差しだした。

おじいちゃんがパジャマのボタンをはずすと、下からブレザーとスラックスが現われた。

「ありがとう、少佐《しょうさ》！」

おじいちゃんはそう言って、ふたたびスリッパをはいた。

ジャックは〈**たそがれホーム**〉の敷地《しきち》を見わたした。サーチライトは反対側のほうをぐるぐる照らしている。急いでいけば、見られずにへいを乗りこえて逃《に》げられるかもしれない。

「では、中佐《ちゅうさ》どの、すぐにいきましょう」ジャックは小声で言った。

「おお、そうしよう。しかしその前に、ちょっとした相談があるのだが？」

「なんでしょう、中佐《ちゅうさ》どの？」

「実は、脱走《だっそう》計画のメンバーがかなりの数になっているのだ」

「脱走《だっそう》計画のメンバーとは？」

「おーい！」上から声がきこえてきた。

見あげると、屋根の上に十人以上のお年よりが立っていた。全員パジャマとネグリジェ姿《すがた》だ。こうして見ているあいだも、次々とせまいハッチを通りぬけ、どんどん増えていく。脱走《だっそう》計画は、まさに『大脱走《だっそう》』【注：第二次世界大戦中ドイツ軍の捕虜収容所《ほりょしゅうようじょ》からの脱走《だっそう》を描《えが》いた映画】になっていた。

41

よくやった

「順番におりてきてくれ！　ひとりずつだ！」おじいちゃんは指示を飛ばした。

最初のお年よりが懸垂下降《けんすいかこう》してくるのを見ながら、ジャックは言った。

「みんな、睡眠薬《すいみんやく》を飲まされてるんじゃなかったんですか？」

「そのとおりだ。だから、全員にマーブルチョコを分けたのだよ！」

「だからあんなにたくさん必要だったんですね」

ジャックはパニックの波がおしよせてくるのを感じた。

「今夜、いったい何人逃《に》げるんですか?」

おじいちゃんはため息をついた。

「いちいち言わなきゃならないのかね、少佐《しょうさ》。イギリス兵士の捕虜《ほりょ》は全員、逃《に》げる義務を負っているのだ」

「**全員?**」

「ひとり残らずだ! チャーチル閣下《かっか》、お湯をわかして待っていてください! お茶の時間までにはみな、祖国へもどりますから!」

おりてきたお年よりを、おじいちゃんはひとりひとり敬礼《けいれい》してむかえた。お年よりがねまきをぬぐと、中からおじいちゃんのいう「民間人の服」が現われた。

「こんばんは、陸軍少佐《しょうさ》どの!」

おじいちゃんは、赤い鼻に片メガネをかけた老紳士《ろうしんし》にむかって言った。日曜の面会日にいた人だ。

「脱走《だっそう》には最高の夜ですな、中佐《ちゅうさ》!」

おじいちゃんは、次にパンツ・ロープを伝っておりてきたおじいさんにも敬礼《けいれい》して、言った。

「こんばんは、海軍少将どの！」

「やあ、バンティング。でかしたな！」

海軍少将といえば、かつては海軍でかなり高い地位についていたことになる。やっぱり昨日の面会日に、リビングで補聴器《ほちょうき》をつけて、みんなの耳がきこえなくなるような大きな音で口笛をふいていたおじいさんだ。

「ありがとうございます、少将どの」

「すべて終わったら、わしといっしょに船上でシャンパンを飲む約束を忘れるなよ」

「喜んでうかがいます。では、どうかご無事で」

「おまえもな。それで、へいはこちらの方向だな？」

海軍少将はあわてるようすもなく、言った。

ジャックは横から口をはさんだ。

「そうです、少将どの。あそこのたれさがったヤナギの枝を伝ってのぼれば、逃《に》げられます」

「そうかそうか、ではのんびりまいるとしよう。では、へいのむこう側でな」

少将はそう言うと、ジャックに敬礼《けいれい》をして、パイプに火をつけた。

「へいを乗りこえてから、パイプをすわれては？　サーチライトに照らされるようなことになってはこまりますから」ジャックは言ってみた。

「たしかに、そのとおりだ。まったく、わしとしたことが」

少将はうなずいて、パイプをポケットへもどすと、真っ暗な闇《やみ》の中へ歩いていった。するとふいに、屋根の上でさわぎが持ちあがった。最後のひとりがハッチに引っかかってしまったらしい。昨日、リビングルームで見た大柄《おおがら》なおばあさんだった。おばあさんは大きな声で助けをよんだ。

「つっかえちゃったわ、中佐《ちゅうさ》！」

おじいちゃんはため息をついた。

「大変だ。トライフルさんだな。ＷＡＡＦ《ワーフ》のメンバーなのだろう」

「空軍婦人補助《ほじょ》部隊のこと？」

「そうだ。だが、敵機《てきき》の位置を表示するより、ケーキばかり食っておったがな！ あの小さなハッチを通れないことくらい、気づくべきだったよ。少佐《しょうさ》、ここで待っていてくれ。ちょっといってくる！」

「だめです、中佐《ちゅうさ》どの！ 危険《きけん》すぎます。いっしょにいきます！」

ジャックががんとして言った。

おじいちゃんは、若き兵士を見てほほえんだ。

「いいぞ、少佐《しょうさ》！」

そして、二人はまたパンツ・ロープを伝ってのぼりはじめた。

「のぼるほうがむずかしいな！」おじいちゃんは言った。

もはやパンツは、ぎりぎりまでのびきっていた。あちこちさけているのを見て、トライフルさんの体重をささえきれるかどうか、ジャックは不安になった。とはいえ、ほかに方法はない。やってみるしかない。

ついに、二人は屋根までたどりついた。ジャックとおじいちゃんは、ハッチにつかえたトライフルさんを見て、どうすればいいか考えた。

「片うでずつ、いこう」

おじいちゃんは、小さなハッチから大柄《おおがら》の女性をひっぱりだすことにかけてはプロだといわんばかりの自信たっぷりな口調で言った。

「みっともないったらありゃしないわ！　それに、わたくし、お化粧室《けしょうしつ》にいきたいのよ」

トライフルさんは、おそろしく上品ぶったおばあさんだった。

「どこに？」

「ええと、ご不浄《ふじょう》よ」

「……フジョウ？」

ジャックにはいったいなんのことだか、さっぱりわからなかった。

「ああ、もう、お手水《ちょうず》のことよ！」

「すみません、なんの話です？」

「ぼうこうが破裂《はれつ》しそうだって言ってんのよ！」

トライフルさんはかんかんになってどなった。

「ああ、ごめんなさい……」

「ちょっとだけ、お待ちいただかなくてはなりません、トライフルさん。まず、そこからあなたを出さなければ」おじいちゃんが言った。

「ええ、お手数じゃなければね！」

トライフルさんはいやみたっぷりに答えた。まるでこうなったのはおじいちゃんのせいだといわんばかりだったけど、トライフルさんが毎日のようにケーキを食べていたのはおじいちゃんのせいではない。でも、今、それについて議論している時間はなかった。

「だれかが、うしろに回っておしてくれるといいのだが」おじいちゃんは考えこんだ。

「まあ、すてきですこと！　わたくしのことをまるでこわれたバスみたいにおっしゃるのね！」お上品なトライフルさんは憤《いきどお》った。

「もう少し声を小さくしていただけますか、マダム。警備《けいび》兵たちに気づかれてしまいます」

おじいちゃんは小声で言った。

「これ以上、口をきく気はありませんから！」

トライフルさんは、ジャックにはまだ大きすぎるように思える声で言った。

「少佐《しょうさ》、用意はいいか？」とおじいちゃん。

「はい、中佐《ちゅうさ》どの」

おじいちゃんとジャックは、トライフルさんのうでを片方ずつつかんだ。

「力を入れろ。よし、三でひっぱるのだ。いいか、一、二、三、ひっぱれ！」

びくともしなかった。

微動《びどう》だにしていない。

「すてきな夜のお出かけとは、とうてい思えませんわね！」

トライフルさんは、だれのためにもならないことを言った。

「もう一度だ！　一、二、三、ひっぱれ！」

やはりびくともしない。

「次にどなたかに脱走《だっそう》にさそわれても、お断り申しあげるのを忘れないように、わたくしに言ってちょうだい！　だいたいただでマーブルチョコをくれるっていうから、承知しただけなんだから」

トライフルさんはひとり言のようにぼそぼそと言った。

「最後にもう一度だ！　一、二、三、**ひっぱれ！**」

すると、どうしたものか、するりとすべってトライフルさんは〈**たそがれホーム**〉の中に逆もどりしてしまった。

「まあまあ、お礼を申しあげますわ！　わたくしは一生、ここですごすというわけね！」

「どうしましょう、中佐《ちゅうさ》どの？」ジャックはおじいちゃんにすがるようにたずねた。「トライフルさんを外へ出すのは不可能です。もう時間がありません！」

42 おしりのあざ

「今、考えているところだ、少佐《しょうさ》」

ジャックとおじいちゃんは〈**たそがれホーム**〉の屋根の上でとほうにくれた。

「わたしとしては、ひとりたりとも置いていきたくない……」

「レディを置いていくわけにはいきませんよ！」トライフルさんがすかさず言う。

「……特に、レディは置いていけん。応援《おうえん》が必要だ。陸軍と海軍に連絡《れんらく》してみよう」

おじいちゃんは急いで屋根のはしまでいくと、下の暗闇《くらやみ》にむかってよびかけた。

「陸軍少佐《しょうさ》？　海軍少将？」

「なんだい？」

地面にいる陸軍少佐《しょうさ》が答えた。

「援軍《えんぐん》をお願いしたい！」

二人のかつての英雄《えいゆう》は、一瞬《いっしゅん》のためらいもなくパンツ・ロープをのぼって、もどってきた。さらにあとから、ぞろぞろと十人ちょっとの脱走《だっそう》者たちもやってきた。

「急いでいただけるかしら？　お手洗いにいきたいのよ！」

トライフルさんは文句を言った。

お年よりは二列に分かれ、それぞれ列の先頭の人がトライフルさんのうでを片方ずつ、しっかりとつかんだ。

「チームワークだ！　この戦争に勝つにはそれだ。チームワーク！　みんなで力を合わせるのだ」

「そのとおり！」少佐《しょうさ》がさけぶ。

そして、おじいちゃんがかけ声をかけた。

「一、二、三、**ひっぱれ！**」

今度こそ、トライフルさんはスポッとハッチをぬけた。同時に、全員うしろへふっとんで、おりかさなるようにたおれた。

「チームワークですね、中佐《ちゅうさ》どの！」

ジャックは、山のいちばん下からはいだすと、にっこり笑った。

「やったぞ、みんな！」おじいちゃんはさけぶと、すぐさま指示を飛ばした。

「よし、では、全員すばやくロープで下へ」

お年よりはひとりひとり、下へおりはじめた。最後はトライフルさんだ。

ジャックはトライフルさんをちらりと見ると、ささやいた。

「ロープがトライフルさんの体重をささえきれるか、はなはだ疑問であります、中佐《ちゅうさ》どの」

「ちゃんとたしかめたが、すべて、最高品質のイギリス製パンツでまちがいない。だいじょうぶ、うまくいく。トライフルさんがわたしの指示どおりに、ゆっくりとおり……」

ところが、トライフルさんは、人の指示にしたがうような人ではなかった。いきなりパンツをつかむと、喜々として屋根から飛びおりたのだ。はたしてジャックの予感どおり、ロープはトライフルさんの体重をささえきれなかった。トライフルさんはものすごいスピードですべりおちていった。

「ああああああああああああああああああああああああああああああああああああ！」

シルクのパンツがさけ、

ビリッ！

トライフルさんは地面に落ち、

ドサッ！

悲鳴をあげた。

「きゃああああああああああああああああああああああああああああああああ！」

幸い、落ちた距離《きょり》は短かったので、ひどいけがはせずにすんだ。おしりに二つ、三つあざができただけだ。パンツ・ロープもあとを追いかけるように落ちていって、トライフルさんの頭の上にのっかった。

「まあまあ、このわたくしとあろうものがパンツをかぶるはめになるなんて！　二度と上流社会の集まりに顔を出せないわ！」トライフルさんは大声で文句を言った。

「シィイイイ！」ジャックは注意した。

でも、おそかった。見張り塔《とう》のてっぺんにいた看護師《かんごし》たちに、トライフルさんの大声がきこえないはずがない。すぐさまサーチライトがぐるりと回され、トライフルさんを照らしだした。同時に、もうひとつのライトに、あわてて逃《に》げていくお年よりたちの姿《すがた》が浮《う》かびあがった。

「急いで！　ヤナギの木まで！　逃《に》げ道はそこだけだ！」

屋根の上からジャックはさけんだ。お年よりはどうにかこうにか助けあいながら、へいへ殺到《さっとう》した。すると、ふいに目のくらむような強い光が建物と敷地《しきち》を照らしだした。

ガランガランガランガランガランガラン！

塔《とう》の鐘《かね》が鳴りはじめた。警報《けいほう》が発せられたのだ。

サーチライトが、屋根の上のおじいちゃんとジャックをとらえた。一瞬《いっしゅん》、二人の影《かげ》がまばゆい光の中に浮《う》かびあがる。パンツ・ロープが切れた今、逃《に》げ道はなかった。

万事休すだ。

43 ハッチをくぐれ！

ジャックとおじいちゃんは、〈たそがれホーム〉の屋根の上から、お年よりたちがへいのむこう側へ脱出《だっしゅつ》するのを見ていた。

「幸運を」

おじいちゃんは最後にもう一度敬礼《けいれい》すると、みんながへいのむこうへ姿《すがた》を消すのを見送った。そのあとを、わらわらと建物から出てきた看護師《かんごし》の一団が、懐中電灯《かいちゅうでんとう》や巨大な網《あみ》を持って追いかけていった。

片や、ジャックとおじいちゃんがいるのは、地上四階の高さだ。パンツ・ロープは切れてしまった。排水管《はいすいかん》は壁《かべ》から引きはがされたままだ。飛びおりれば、全身の骨をおることまちがいない。残された脱出路《だっしゅつろ》はひとつしかない。

「今こそ、ハッチをくぐれ！　です、中佐《ちゅうさ》どの！」

「優雅《ゆうが》に酒を飲もうということか？　じゃあ、わたしはジントニックにしようか」

おじいちゃんはとぼけて言った。

「ちがいます、本物のハッチのことです。こうなったら、ハッチをくぐって、建物の中にもどるしかありません。それしか、屋根からおりる方法はありません！」

「ああ、そういうことか。もちろんだ、よく考えたな、少佐《しょうさ》。空軍大将に勲章《くんしょう》をおくるよう、進言しよう！」

ジャックはほこらしくて胸《むね》がはちきれそうになった。

「ありがとうございます。でも、今は一刻《いっこく》のゆうよもありません！　いきましょう！」

ジャックはおじいちゃんの手をとって、ななめになった屋根の上を歩きはじめた。足をすべらせたら最後、死が待っている。そして、ようやくハッチにたどりついた、と思ったとき、下から院長の警棒《けいぼう》の先がぬっと出てきた。電気でパチパチ音を立てている。それを見てジャックは、ただの警棒《けいぼう》ではなくて、牛追い棒《ぼう》だと気づいた。牛を追うのに、電気ショックを与《あた》えるためのものだ。院長の手にかかれば、たちまち拷問《ごうもん》の道具に早変わりだ。

小柄《こがら》な院長はハッチからするりと出てくると、すっくと立ちあがった。そして、ケープを風になびかせ、牛追い棒《ぼう》を高くかかげた。うしろから、ローズ看護師《かんごし》、つづいてブラッサム看護師《かんごし》が、大きなからだをなんとかくぐらせて、院長の両わきに立った。

看護師《かんごし》二人をしたがえた院長は、おそろしげな笑みを浮《う》かべると、じりっと前に出た。

「おまえたちが、昨日庭でよからぬことをたくらんでいたのは、わかっていたよ。今夜の集団脱走《だっそう》の首謀者《しゅぼうしゃ》は、おまえたちだね！」

「どうかおじいちゃんを罰《ばっ》さないでください！　脱走《だっそう》計画を考えたのはぜんぶぼくなんです！」ジャックは必死になってさけんだ。

「いや、コマンダント、懲罰房《ちょうばつぼう》に送るならわたしのほうだ。この若者は、今回の計画とはなんら関係はない！」

「二人とも、おだまり！」

二人はだまった。

院長が牛追い棒《ぼう》のボタンをおすと、先っぽからバリバリと電光が放たれた。

「なにをするつもりだ、コマンダント？」

「この牛追い棒《ぼう》は特別に改造して、千万ボルトの電圧がかかるようになってるのさ！　このボタンを一回おせば、大人の男を気絶させることができるんだよ」

おじいちゃんは、ジャックを守るように前に立ちはだかった。

「野蛮《やばん》なものを！　戦争捕虜《ほりょ》に対する拷問《ごうもん》器具の使用は禁止されているのだぞ！」

ガメツイ院長の顔に狂気じみた笑みが広がった。

「見てごらん」

そして、ローズ看護師《かんごし》に牛追い棒《ぼう》をつきつけると、ボタンをおした。先っぽから白と青の電光が飛びだす。一瞬《いっしゅん》、看護師《かんごし》の全身が光りかがやいた。院長がボタンから指をはなすと、ローズ看護師《かんごし》は意識を失ってばったりとたおれた。

ガメツイ院長がクスクス笑うようすを、ジャックとおじいちゃんは言葉を失って見つめた。自分の子分にあんなことができるなんて。ブラッサム看護師《かんごし》すら、不安げにからだをゆすった。

「すまんが、もう一度見せてくれないかね？」

おじいちゃんは大胆《だいたん》にも言った。院長がまんまとひっかかって、もうひとりの看護師《かんごし》も気絶させないかと思ったのだ。

「その手には乗らないよ！」院長が言うと、ブラッサム看護師《かんごし》はほっとため息をついた。

「やつらをつかまえな！」ガメツイ院長が命令を下した。

がっしりした看護師《かんごし》は、気を失ってたおれている仲間をまたぐと、突進《とっしん》してきた。そして、太いうでを前へ出し、おじいちゃんとジャックに飛びかかった。

「鐘楼《しょうろう》だ！」おじいちゃんがさけんだ。

〈**たそがれホーム**〉の鐘《かね》はまだ鳴りつづけていた。耳がつんざかれそうだ。鐘《かね》は小さな塔《とう》につるされており、その下から長くて太いひもがのびていた。

「あのロープをつかめ」

おじいちゃんは言った。問題はロープがものすごい勢いで上下していることだ。下にいる人間が、鐘《かね》を鳴らすためにひっぱっているのだ。

うしろをふり返ると、ブラッサム看護師《かんごし》がどんどん迫《せま》ってくる。そのすぐうしろで、ガメツイ院長が牛追い棒《ぼう》をこれ見よがしにふりまわしている。ほかに選択肢《せんたくし》はない。ジャックはジャンプすると、両手でロープをつかんだ。たちまち手のひらがカアッと燃えるように熱くなり、ジャックは猛《もう》スピードですべりおちていった。

「うわあああ！」

見ると、ロープをひっぱっているのはデイジー看護師《かんごし》だ。デイジー看護師《かんごし》が上を見たのと同時に、ジャックはデイジーの頭の上に落ちた。

ドカン！

デイジー看護師《かんごし》は、ジャックを受け止めた衝撃《しょうげき》で気を失った。**やった！** デイジー看護《かんご》師《し》はばったりとたおれた。が、そのひょうしになんと、かつらがとれて、ぼうず頭があらわになったではないか。よくよく見ると、顔中に無精《ぶしょう》ひげが生えている。

デイジーは男だったのだ！

44 いろいろなタイプ

鐘楼《しょうろう》の下に立っていると、上から音がきこえてきた。見あげると、おじいちゃんが猛《もう》スピードでロープをすべりおりてくる。ジャックはすかさずわきへよけた。

おじいちゃんが着地すると、ジャックは言った。

「中佐《ちゅうさ》どの、デイジーは男でした！」

〈**たそがれホーム**〉の看護師《かんごし》がみんな大柄《おおがら》でがっしりしている理由が、これでわかったわけだ。

「たぶん、全員男ではないかと！」

おじいちゃんはデイジーを見おろした。

「ほう、なるほど。世の中にはいろいろなタイプがいるからな。いっしょに訓練を受けたチャールズという優秀《ゆうしゅう》なパイロットがいてな。週末になると、ドレスを着て、クラリッサとよんでくれと言っておった。実にすばらしく美しい女性に変身するのだ。一、二回、結婚《けっこん》も申しこまれていたよ」

残念ながら、このおもしろい情報をきちんと処理《しょり》している時間はなかった。今はまず、〈**た**

そがれホーム〉から逃《に》げる方法を考えなければならない。建物の中のことなら、おじいちゃんのほうがジャックよりくわしいはずだ。

「中佐《ちゅうさ》どの、次はどこへ？」

「今、考えているところだ、少佐《しょうさ》。はて、どうしたものか……」

けれども、おじいちゃんが考えつく前に、ジャックがさけんだ。

「あぶない！」

ジャックはおじいちゃんをグイとひっぱった。ブラッサム看護師《かんごし》が、毛深い足をロープに巻《ま》きつけ、ものすごい勢いでおりてきたのだ。

「急げ！　こっちだ！」おじいちゃんがさけび、二人は逃《に》げだした。

そのとき、ちょうど意識をとりもどしかけたデイジー看護師《かんごし》の上に、ブラッサム看護師《かんごし》が落ちてきて、

ドサッ！

デイジーはふたたび気を失った。

ぶつかった衝撃《しょうげき》でブラッサム看護師《かんごし》のかつらもふっとんだ。やっぱり男だ！〈**たそが**

れホーム〉の看護師《かんごし》は全員男なんだ。ここには、見かけどおりのものがひとつもない。
スキンヘッドのブラッサムがのろのろと立ちあがったときには、ジャックとおじいちゃんはドアまでたどりついていた。二人は部屋を出ると、急いでドアをしめた。

バタン！

ブラッサム看護師《かんごし》（たぶん偽名《ぎめい》だろうけど）は、レンガみたいなこぶしでドアをバンバンたたいた。ジャックとおじいちゃんは背中でおさえたが、ブラッサム看護師《かんごし》は雄牛《おうし》みたいに強くて、これ以上おしとどめられそうにない。
「棚《たな》だ、少佐《しょうさ》！」おじいちゃんはさけんだ。
おじいちゃんがドアをおさえているすきに、ジャックは重たい木の棚《たな》を動かしてドアをおさえ、ブラッサム看護師《かんごし》とデイジー看護師《かんごし》を鐘楼《しょうろう》にとじこめた。
ドアの板が棚《たな》にぶつかる音……

ダン、ダン、ダン！

……をうしろに残し、二人は正面玄関《げんかん》へむかって長いろうかを走りだした。と、そのとき、階段の上から足音がひびいてきた。さらなる看護師《かんごし》軍団が、脱走者《だっそう》を探《さが》しにきたのだ。

おじいちゃんと柱時計の陰《かげ》にかくれて看護師《かんごし》たちをやりすごしながら、ジャックは小声で言った。

「敵《てき》はそこいらじゅうにいます。こっそり逃《に》げるなんて、不可能です！」

「ふむ、その場合……訓練キャンプで習った方法しかないな。敵《てき》と同じかっこうをするのだ！」

ジャックは今ひとつ、意味がわからずにきいた。

「つまり……？」

「そうだ、少佐《しょうさ》。やつらの軍服を着て、逃《に》げるのだ」

45 かつらとメイク

更衣室《こういしつ》から看護師《かんごし》の制服を着て出てきたジャックとおじいちゃんは、いかにもあやしげだった。ジャックはありえないほど背が低いし、おじいちゃんはおじいちゃんで、とうぜんふさふさの口ひげをそる時間などなかった。

更衣室《こういしつ》は、老人ホームのいちばん奥《おく》にあった。長いレールに看護師《かんごし》の制服がずらりとぶらさがっている。ジャックとおじいちゃんは急いで二着とると、自分たちの服の上から制服を着た。更衣室《こういしつ》の反対側に姿見《すがたみ》があって、テーブルの上にさまざまなかつらと、化粧品《けしょうひん》の入った大きな箱が置いてあった。ジャックとおじいちゃんはそこをひっかきまわし、おじいちゃんはブロンドのセクシー美女、ジャックはお色気たっぷりのブルネット【注：ダ

ークブラウンの髪《かみ》の女性】に変身をとげた。

ジャックの言うとおりだった。看護師《かんごし》は全員、女に変装《へんそう》した男なのだ。〈たそがれホーム〉がふつうの老人ホームでないことはたしかだ。一枚一枚、皮をめくっていくたびに、どんどんおかしくなっていく。よろめきながらろうかを歩いていくと、看護師《かんごし》たちの一団がやってきた。足早に正面玄関《げんかん》のほうへむかっている。おじいちゃんはジャックにむかってうなずき、いっしょにいくぞと合図を送った。ここから逃《に》げるには、ホームのスタッフにまぎれこむしかない。どうかだれにも止められませんようにと祈《いの》りながら、二人は一団のうしろについて迷路のようなろうかをぬけていった。

正面玄関《げんかん》にたどりつくと、ジャックとおじいちゃんは一団との距離《きょり》をつめ、そのまま真っ暗な外へ出ようとした。その瞬間《しゅんかん》、大きな声がひびいた。

「**止まれ！**」

看護師《かんごし》たちがうしろをふりむくと、院長が、デイジー看護師《かんごし》とブラッサム看護師《かんごし》を両わきにしたがえ、〈改造牛追い棒《ぼう》〉をふりかざして立っていた。二人ともかつらがうしろ前になっていて、ますます冗談《じょうだん》みたいな姿《すがた》だ。院長は、愛用の拷問《ごうもん》用具を手のひらに打ちつけながらゆっくりと近づいてきた。

ジャックとおじいちゃんは院長に見られないように、できるだけさりげなくじりじりとみんなのうしろに回った。

「入居者たちはまんまと逃《に》げおおせたようだ、今のところはね。だが、今夜の首謀者《しゅぼうしゃ》二人は、まだ〈たそがれホーム〉の中にいる。まちがいない。やつらの存在を感じるんだ。逃《に》がすわけにはいかないよ」

「はい、院長」看護師《かんごし》たちは低すぎる声を合わせて答えた。

「今から二人ずつの組に分かれて、建物じゅうをすみからすみまでくまなく探《さが》すんだ。二人を見つけられなかったら、この牛追い棒《ぼう》をお見舞《みま》いするからね」

院長はどなった。

「は、は、はい、院長」

全員、大柄《おおがら》で力の強い男なのに、どうやらボスを死ぬほどおそれているらしい。

院長は有無を言わせぬ口調で命令を下した。

「チューリップ看護師《かんごし》とヒヤシンス看護師《かんごし》は寝室《しんしつ》をお探《さが》し」

「はい、院長」二人は速足で階段のほうへ去っていった。

「バイオレット看護師《かんごし》とパンジー看護師《かんごし》、おまえたち二人はリビングとキッチンを探《さが》すんだ。この階ぜんぶだよ」

「はい、院長」

バイオレットとパンジーも足早に歩き去った。

「デイジー看護師《かんごし》、ブラッサム看護師《かんごし》」

「はい、院長」二人は声をそろえて返事をした。

「おまえたちは地下室だ。いいね？」

「でも、暗いのは苦手なんです！」デイジー看護師《かんごし》がうったえた。

ガメツイ院長の顔が不愉快そうにゆがんだ。命令にさからわれるのになれていないのだ。

牛追い棒《ぼう》で手のひらをぴしゃりとたたくと、院長はどなった。

「言うとおりにするんだよ！」

二人も地下室へむかった。

そして、院長と新人看護師《かんごし》のジャックとおじいちゃんが残された。

「おまえたちは……」

ガメツイ院長はまっすぐ二人を見た。かくれようにも、もうだれもいない。ジャックは背を高く見せようと背のびした。一方のおじいちゃんは、せきをするふりをして手で口ひげをかくした。

「見たことがない顔だね。だれだ？」

ジャックはせいいっぱい低い声で答えた。

「看護師《かんごし》です、院長」

「名前は？」

つかまりたくなければ、すばやく頭を働かせるしかない。

「ブルーベル看護師《かんごし》です！」ジャックは答えた。

「グレアム看護師《かんごし》です」

女性の名前にしなければならないのをころっと忘れて、おじいちゃんは答えた。

ジャックはおじいちゃんをそっとひじでつついた。

「つまり、ガーデニアです！」

院長は落ち着きはらったようすでゆっくりと近づいてきた。ジャックとおじいちゃんは本能的に、顔を見られまいと下をむいた。それを見た院長はますますあやしんだようだ。棒《ぼう》を手のひらに打ちつけながら、すぐそばまでくると、おじいちゃんにむかってささやくように言った。

「顔から手をどけな」

おじいちゃんはまたせきをするふりをした。

「ちょっとかぜ気味で！」

院長は手をのばし、おじいちゃんの手をがっしとつかむと、長くてするどいつめを食いこませてぐっとひっぱった。おじいちゃんの手の下から、イギリス空軍仕様の口ひげが現われた。

「今朝、そるのを忘れてしまいまして」おじいちゃんは言った。

とうぜんのことながら、院長は信じなかった。そして、まよいのないしぐさでおもむろに棒《ぼう》をおじいちゃんの顔に近づけた。先端《せんたん》がパチパチと音を立てている。

おじいちゃんは恐怖《きょうふ》で息をのんだ。

ごくん！

46 燃えた口ひげ

「ちょっと失礼！　洗面所をお借りしないとなりませんの」

声がひびいた。そして、トライフルさんがのしのしとうしろの玄関《げんかん》から入ってきた。ほかのみんなとへいを乗りこえずに、Ｕターンして、のこのことお手洗いを探《さが》しにもどってきたらしい。もちろんまったくの計画外だったけれど、最高のタイミングだった。ジャックとおじいちゃんになによりも必要だった一瞬《いっしゅん》のすきができたのだ。

ガメツイ院長は思わずさっそうと入ってくるトライフルさんのほうを見た。牛追い棒《ぼう》をつきつけられていたおじいちゃんは、そのすきをのがさず、院長の手首をつかんだ。つかの間、二人は声もあげずにがっちり組みあった。が、院長の力は、おじいちゃんの想像をはるかにこえ、棒《ぼう》の先がじりじりと顔に近づいてきた。そして、電光が放たれた。

バリバリ！

おじいちゃんの口ひげの先が焼け落ちた。

小さな炎《ほのお》があがり、おじいちゃんの目の前を灰色《はいいろ》の煙《けむり》がぼわっとのぼっていった。おじいちゃんは、かつては立派だったひげを見おろした。もはや片方は先っぽが真っ黒で、バーベキューの網《あみ》の上に百年間置きっぱなしになっていたソーセージみたいに見える。と、ぼろりとくずれ、ほこりみたいに床《ゆか》に落ちた。

若いときからおじいちゃんはいつもしみひとつない服を着こなしていることをほこりに思っていた。それは、たとえ看護師《かんごし》の制服でも同じだ。しかし、ピカピカの金ボタンのついたダブルの上着もイギリス空軍のネクタイもピシッとアイロンのかかったグレーのズボンも、完ぺきにねじあげた口ひげがなければ、意味がないのだ。

おじいちゃんにとって、口ひげの片方を燃やすなど、反逆罪に等しかった。はげしい怒《いか》りが、おじいちゃんにスーパーマンなみの力を与《あた》えた。おじいちゃんは、院長のうでをグイとおし返した。

「少佐《しょうさ》、そこのおまるを。早く！」

ジャックは床《ゆか》に置いてあった陶器《とうき》のおまるをひろいあげると、どういうことかわからないまま、トライフルさんにわたそうとした。

「まあ、ありがとう。理想的とは言えないけど、ねらいを定めれば、だいじょうぶ！」

「そうじゃない、少佐《しょうさ》！　コマンダントだ！」

院長がぱっとふり返るのと、ジャックがおまるをふりおろすのは、同時だった。

ガシャーン！

おまるはこなごなにくだけ散った。

「あらまあ、これはこれは！　すっかり使う気だったのに」

トライフル夫人はむすっとして言った。三人は、ヒトデみたいに床《ゆか》にのびている邪悪《じゃあく》な女院長を見おろした。

「さあ、ぐずぐずしている時間はない！」おじいちゃんはさけんだ。

「お願いだから、お洗面所へいかせていただけない？」トライフルさんはなおも言い張った。

「トライフルさん、がまんしてもらおう！　あとでもいいはずだ！」

おじいちゃんは強い口調で言った。

「わたくしの年になると、待てないのよ！」トライフルさんも負けずにどなった。

「いかなきゃならないときは、いかなきゃならないの！　さあ、つきそってちょうだい。

あなたは紳士《しんし》なんでしょう？」

「いかにも紳士《しんし》だ！」

しかし、おじいちゃんの紳士《しんし》精神も限界をためされていた。

「じゃあ、どうしてそんな服を着てるの？」

「脱出《だっしゅつ》計画のためです！　さあ、どうかマダム、一刻《いっこく》のゆうよもない。わたしのうでにつかまって」

「ありがとう、中佐《ちゅうさ》。わたくしの、お……お……えっと、上品な言い方はなんでしたっけ」

そう言って、トライフルさんは背中の下あたりを指さした。

「おしり？」おじいちゃんは言ってみた。

「ちがいます！」

「ケツ！」ジャックはぶしつけにも言った。

「まさか！」トライフルさんは今や、かんかんに怒《おこ》っていた。

「わたくしはレディですよ！　臀部《でんぶ》と言おうとしたんです！　さっき落ちたせいで臀部《でんぶ》がヒリヒリいたむんです。まっすぐ歩くことすらできないわ！」

トライフルさんのうでをとると、おじいちゃんは雄々《おお》しい態度で長いろうかを歩き、つきあたりにあるいちばん近いトイレまで連れていった。

「まあ、紳士《しんし》でいらっしゃること！　初めての舞踏会《ぶとうかい》にデビューしたような気持ちよ」

トライフルさんはほおを赤くそめた。

「少佐《しょうさ》？」おじいちゃんがよんだ。

「はい、中佐《ちゅうさ》どの」

「コマンダントを見張っていてくれ」

「はい、中佐《ちゅうさ》どの！」

ジャックはにっと笑った。じっとしていられないほどイライラしていたけど、邪悪《じゃあく》なガメツイ院長に一発食らわせたことには満足していたのだ。

ジャックは、床《ゆか》にのびている院長をじっと見た。小さい目と上をむいた鼻はどこか見覚えのある気がする。前にどこで見たのか思いだそうとしたとき、院長がヒクヒクしはじめた。おまるの衝撃《しょうげき》から、だんだんと意識がもどってきたようだ。まず手がぴくぴくしはじめ、それからまぶたが小刻《こきざ》みにふるえはじめた。

ジャックは恐怖《きょうふ》がわきあがってくるのを感じた。

47 フリフリふって、おしまい！

「中佐《ちゅうさ》どの！」

ジャックはろうかのむこうにむかってさけんだ。パニックで声がうわずる。

「なんだ、少佐《しょうさ》」角のむこうからおじいちゃんの声がした。

「コマンダントが意識をとりもどしそうです！」

次にきこえたのは、おじいちゃんがトイレのドアをノックする音だった。

コン、コン。

「急いでいただけませんか、トライフルさん？」

「お手洗いにいるレディをせかさないでちょうだい！」

「お願いです、マダム！」

「ずっと待たされたのよ。楽しませていただくわ！」

院長の手足がにょろにょろと動きだした。

「中佐《ちゅうさ》どの！」ジャックはせっぱつまってさけんだ。

おじいちゃんはもう一度、トライフルさんを急がせようとした。

コン、コン、コン。

「終わりましたよ！」ようやくドアのむこう側から返事があった。

「やっぱりね！　紙がないわ。申し訳ないけど、わたくしのために探《さが》してきていただける？　吸水性《きゅうすいせい》の高いタイプをお願いね。あのつるつるした白い紙にはたえられないの！」

「もう時間がないんです」

おじいちゃんは礼儀《れいぎ》正しくしようとしていたけど、声をきけば、トライフルさんに対するイライラが頂点に達しつつあるのは明らかだった。

「わたくしにどうしろとおっしゃるの？」

「フリフリふって、おしまい！　男はそうしてる！」

しばらくしんとしたあと、トライフルさんはうれしそうに言った。

「まあ、ありがとう！　ほんとにうまくいったわ」

ジャックが見ていると、おじいちゃんたちがようやく角から姿《すがた》を現わした。すると、おじいちゃんがさけんだ。

「少佐《しょうさ》、あぶない！」

ジャックはぱっとふり返った。院長はよろよろと立ちあがり、牛追い棒《ぼう》をジャックのほうにむけようとしていた。

「逃《に》げろ！」おじいちゃんの声がひびいた。

ガメツイ院長は牛追い棒《ぼう》を剣《けん》のように前につきだした。先端《せんたん》から電光が放たれる。火花が飛び散り、ジャックのうしろの分厚いビロードのカーテンに火がついて、たちまち天井《てんじょう》まで燃え広がった。

48

大火事だ！

炎《ほのお》から逃《のが》れるため、ジャックはおじいちゃんとトライフルさんのほうへろうかをぎゃくもどりして、いっしょに逃《に》げだした。院長もよろめきながらこちらへやってきた。迫《せま》りくる猛火《もうか》に、院長の姿《すがた》が浮《う》かびあがる。すぐに炎《ほのお》は院長に追いつくにちがいない。

「うぎゃあああ!」

ガメツイ院長はおそろしい熱気に悲鳴をあげた。

火はたちまち手に負えなくなり、ふれるものすべてを次々のみこんでいく。ろうかにそって燃え広がり、院長の前に回りこんだ。またたくまに院長は炎《ほのお》にかこまれてしまった。

「少佐《しょうさ》、トライフルさんをたのむ。わたしは、コマンダントを助けにいく」

「え?」ジャックは耳をうたがった。

「敵《てき》かもしれんが、これは、将校として、そして紳士《しんし》としての名誉《めいよ》の問題だ。コマンダントを救えるかやってみなければ!」そう言いのこすと、おじいちゃんはうでで顔をかばい、勇敢《ゆうかん》にもガメツイ院長のほうへむかった。

「コマンダント! 手をこちらへ!」

そして、炎《ほのお》のむこうへうでをのばした。

ガメツイ院長も手をのばすと、おじいちゃんの手をしっかりつかんだ。その顔に、ずるがしこい笑みが浮《う》かぶ。

「これを食らえ、まぬけめ！」

院長は牛追い棒《ぼう》をさっとふりあげた。

「あぶない！」ジャックがさけぶ。

バシッ！

おそかった。ガメツイ院長に牛追い棒《ぼう》で頭をなぐられ、おじいちゃんは意識を失ってばったりとたおれた。

「いやだあああああ！」

ジャックの声がこだました。

49 しゃくねつ地獄《じごく》

　ガメツイ院長の顔を、ぞくっとするような笑みがよぎった。これから殺しを楽しもうといわんばかりの顔だ。そして、次は電光をくらわそうと牛追い棒《ぼう》をふりあげた。と、ハイヒールのくつがつるりとすべった。院長はうしろの炎《ほのお》の中にたおれこんだ。

「うぎゃああ！！！！！！！」

　ジャックは飛びだしていって、おじいちゃんをつかみ、引きずるようにして炎《ほのお》と反対方向に走りだした。

　唯一《ゆいいつ》の出口は正面玄関《げんかん》だが、今や炎《ほのお》にふさがれている。すでに確認したとおり、**へたそ**

がれホーム〉の裏口《うらぐち》はレンガでふさがれ、まどはすべて鉄格子《てつごうし》がついている。まさに死のワナだ。

真っ黒い煙《けむり》がうねるように広がってくる。みるみるうちにろうかはしゃくねつ地獄《じごく》と化した。

ジャックは深く息をすいこんだ。出口を探《さが》すんだ。それも、すぐに。今では、ジャックひとりでお年より二人をめんどう見なければならない。気を失っているおじいちゃんと、上品ぶった超《ちょう》ムカつくばあさんと。おじいちゃんの両足首をわきにはさみ、ジャックは炎《ほのお》からはなれたところで待っているトライフルさんのほうへいった。

「言わせていただければ、ここはもうだめね！」トライフルさんは言った。

「手伝ってくれませんか？　足を一本持ってください！」ジャックはうったえた。

トライフルさんは初めて、言われたことにしたがった。

「どこへむかえばいいか、教えていただけるかしら？」

「どこだっていい！　炎《ほのお》から逃《に》げられれば！」

二人はおじいちゃんを引きずって、階段をのぼりはじめた。

かなりきつい。しかも、一段のぼるごとにおじいちゃんの頭が階段にぶつかった。

ガツン　ガツン　ガツン

「イタッ！　イタッ！　イタッ！」

おじいちゃんの声が規則正しくひびく。

でも、おかげで、おじいちゃんは意識をとりもどし、二階に着くと同時に目をぱっちりと開いた。

「だいじょうぶですか、中佐《ちゅうさ》どの？」

ジャックはかがんで、おじいちゃんをのぞきこんだ。

「だいじょうぶだ。頭にひどいたんこぶができてしまったがな。今度、わたしがコマンダントを助けようとしたら、そのときは止めてくれ！」

「了解《りょうかい》です、中佐《ちゅうさ》どの」

ジャックは看護師《かんごし》の制服をぬいで、下に着ていた自分の服にもどった。

「ちょっと」

トライフルさんがジャックの肩《かた》をたたいた。

「どうやってこのおそろしい場所からぬけだすつもりなの？」

「今、考えてるんです！」

ジャックはかみつくように言った。数日前、初めて排水管《はいすいかん》をのぼったときに見た〈**たそがれホーム**〉の部屋をひとつひとつ思い浮《う》かべる。と、ふいにアイデアが浮《う》かんだ。とんでもないアイデアだけど、うまくいくかもしれない。

「中佐《ちゅうさ》どの、このあいだ持ってきたローラースケートはまだありますか？」

「あるぞ」

おじいちゃんはいぶかしげに答えると、立ちあがって、看護師《かんごし》の制服をはぎとった。

「持ってきていただけますか？」

ジャックはせっぱつまった声できいた。

「もちろんだとも。わたしの寝室《しんしつ》にある。マットレスの中にかくしておいたのだ」

「じゃあ、すぐに持ってきてください、中佐《ちゅうさ》どの！　あと、ひもも！　それから、院長……じゃなくて、コマンダントのオフィスの場所はご存じですか？」

「もちろんだ、少佐《しょうさ》」

「オフィスの机《つくえ》の上に極秘《ごくひ》の……えっと、ナチスの書類が積んであるんです！　目に入るものはすべて持ってきてください。このろうかのつきあたりにある部屋で待ってますから」

ジャックはそちらを指さした。

「了解《りょうかい》だ！」

おじいちゃんが走っていくと、トライフルさんは目を丸くしてジャックを見た。

「ぼうや、今はそんな場合じゃないのよ、スケート――」

トライフルさんは「スケートボード」と言おうとして、まちがいに気づき、こうつづけた。

「ローラーなんて」

「ローラースケートです」ジャックはまちがいを正した。

「そう言ったわ！」トライフルさんはわざとらしいせきばらいをした。

「言ってません！　いい考えがあるんです。ついてきてください！」

ジャックはトライフルさんをせかして、つきあたりの部屋へ急いだ。記憶《きおく》のとおり、そこは、〈**たそがれホーム**〉でいちばん気味の悪かった部屋だった。

棺《かん》おけが置いてあった部屋だ。

「まあ、なんてこと！」

トライフルさんは、棺《かん》おけがずらりとならべられているのを見て、息をのんだ。

「あのひどい院長とおそろしげな看護師《かんごし》たちは、わたくしたちが死ぬのを待っているんじゃないかって、ずっと思ってたのよ。たしかにわたくしは年よりだけど、心は少女なんですからね！」

ジャックは煙《けむり》が入ってこないようドアをしめると、トライフルさんのほうへいった。目が涙《なみだ》でくもっているのを見て、ジャックはそっとトライフルさんの肩《かた》に手を置いた。

「絶対ここから逃《に》げだしますから。約束します」

そのとき、ドアが勢いよく開いた。おじいちゃんが、ローラースケートと、ひもと、院長の部屋にあった遺言書《ゆいごんしょ》の山を持ってほこらしげに入ってきた。おじいちゃんが敬礼《けいれい》し、ジャックも敬礼《けいれい》を返す。それからジャックのうしろに目をやったおじいちゃんは、初めて棺《かん》おけに気づいた。

「なんてことだ。いったいここでなにをしようというのだね？」

おじいちゃんは言った。

ジャックはなんとか考えをまとめようとした。

「ラジにきいたんです、〈たそがれホーム〉から出る唯一《ゆいいつ》の方法は棺《かん》おけに入ることだって……」

「どういうこと?」トライフルさんがきいた。

「はっきり言え、少佐《しょうさ》!」おじいちゃんも言う。

「その、つまり、ラジの言うとおりだと考えたんです。そうすれば、ここから出られるって。つまり、棺《かん》おけに入れば……」

50 棺《かん》おけそり

「それじゃ、本末転倒《てんとう》です!」トライフルさんはもったいぶって言った。

するとおじいちゃんが言った。

「マダム、敬意《けいい》をもって申しあげますが、少佐《しょうさ》には考えがあるのです！」

「ありがとうございます、中佐《ちゅうさ》どの！　運がよければ、超《ちょう》高速の棺《かん》おけはしばらくのあいだは炎《ほのお》からぼくたちを守ってくれるはずです。だから、いちばん大きいのを探《さが》して、ローラースケートを底にしばりつけるんです」

トライフルさんはまたコホンとせきばらいをした。トライフルさんはしょっちゅうこれをやる。けれど、けっきょくいっしょに探《さが》しはじめた。三人がかりで探《さが》したおかげか、すぐに大きな棺《かん》おけが見つかった。三人は、底にすばやくローラースケートをしばりつけると、棺《かん》おけを台から床《ゆか》の上におろした。

ジャックがためしに棺《かん》おけを前後に転がすようすを見て、おじいちゃんはにっこりした。さすがわが教え子、最高の計画だ、というわけだ。

ドアをあけたとたん、猛烈《もうれつ》な熱気がおそってきた。今や、そこいらじゅうに真っ黒い煙《けむり》がたちこめている。三人は急いで棺《かん》おけを転がしていった。そして、階段の上までたどりつくと、下を見やった。巨大な炎《ほのお》の壁《かべ》が三人をのみこもうと待ちかまえている。ぐずぐずしている時間はない。まったくない。

「トライフルさん？」ジャックが口を開いた。

「なにかしら？」

「先に棺《かん》おけに入ってください」

「まあ、そんなみっともないことを！」

けれど今回も、ぶつぶつ言いながらもトライフルさんは言われたとおり、改造棺《かん》おけの中にもぐりこんだ。ジャックは重たいふたをかかえたまま、次の指示を出した。

「よし、では中佐《ちゅうさ》どの、パワー全開でお願いします！」

「ラジャー！」

二人の英雄《えいゆう》らしからぬ英雄《えいゆう》はあらんかぎりの力をふりしぼって、走りだした。

棺《かん》おけをそりみたいにおしながら。

ほら、オリンピックのボブスレーみたいに。

棺《かん》おけボブスレーだ！

階段までくると、二人はトライフルさんのうしろに飛び乗った。まずジャック、それからおじいちゃん。トライフルさんのかん高い悲鳴がひびきわたる中、棺《かん》おけそりはガタンガタンゆれながら階段を猛《もう》スピードですべりおりて……。

「きゃあああ」

「うわああああああああ！」

ガタン、ボカン、ドカン。

……カッと口をあけている猛火《もうか》へむかってまっすぐつっこんでいった。ジャックはふたをしめ、しっかりおさえた。

棺《かん》おけそりの中は真っ暗になった。階段をはずむように落ちていって、そのまま一階のろうかを走りだす。猛烈《もうれつ》な熱気がおそいかかってきた。

むちゃくちゃ熱い！

オーブンの中のロースト肉みたいだと思った次の瞬間《しゅんかん》……、

バカン！

棺《かん》おけそりは玄関《げんかん》のドアをぶちやぶった。

ブーン！

ジャックの計画は夢みたいにうまくいったのだ。

やった！

ふいに、ローラースケートの車輪の音が変わった。バリバリという音からして、表の砂利道《じゃりみち》を走っているにちがいない。成功したのだ！

と、棺《かん》おけそりは、ギイイイという音を立ててぴたりと止まった。ジャックはふたをおしあげた。さっきまで茶色だった棺《かん》おけが、すすで真っ黒になっている。ジャックは外へ飛びだすと、おじいちゃんに手を貸し、最後にトライフルさんを立たせた。

〈**たそがれホーム**〉の正面の門はまだしまっ

ていたので、ジャックはおじいちゃんたちを連れて、ヤナギの木へむかって草むらを走っていった。そして、二人を木にのぼらせ、最後に自分がのぼった。木の枝の上に立つと、ふり返って最後にもう一度〈**たそがれホーム**〉を見やった。

危機一髪《ききいっぱつ》だった。建物は今や、炎《ほのお》に包まれていた。われたまどから炎《ほのお》がふきだし、外の壁《かべ》をなめるようにして広がっていく。炎《ほのお》はすでに屋根にも回っていた。

へいの外へおりようと、むき直って、ジャックは言った。

「おめでとうございます、中佐《ちゅうさ》どの。さすがです！」

すると、おじいちゃんは孫を見おろした。

「いや、きみの手柄《てがら》だ！」

遠くからでも、看護師《かんごし》たちが逃《に》げていく姿《すがた》が見えた。けれども、ガメツイ院長の姿《すがた》はどこにも見あたらない。燃えさかる建物の中に取り残されたのか？　それとも、看護師《かんごし》たちといっしょにうまく逃《に》げおおせたのだろうか？

ジャックは、院長に会うのはこれが最後ではないような気がしていた。

51 卒倒《そっとう》

三輪車に乗るには、サーカスの曲芸さながらの技が必要だった。もともとは幼児《ようじ》ひとり用だというのに、そこへ大きい子どもと、さらに二人のお年よりが乗ろうというのだ。いろいろな乗り方をためしたあげく、最終的になんとか三人とも乗ることができた。ジャックがサドルにすわってペダルをこぎ、トライフルさんがハンドルの上にすわってバランスをとり、おじいちゃんはうしろのフレームの上に立つ、というわけだ。

トライフルさんの巨体のせいで、ジャックはなにも見えなかった。ぶくぶくのおしりが顔にぐいぐいおしつけられる。なので、代わりにおじいちゃんが右とか左とか大声で指示を出し、田舎道を町へむかってガラガラと走っていった。

「四十度右！　三時の方向に牛乳配達の車」

三人は、まっすぐ交番へいくつもりだった。おじいちゃんが盗《ぬす》みだした偽造遺言書《ぎぞうゆいごんしょ》（もしくは、ナチスの極秘文書《ごくひ》さえあれば、国も〈たそがれホーム〉の実態を知ることになる。経営者のガメツイ院長が見つかるかどうかはともかく、そのいまわしい本性も明るみに出るだろう。看護師《かんごし》たちも、つかまれば、一生刑務所《けいむしょ》ですごすことになるはずだ。

三輪車で走るのはただでさえ大変で、坂道などはもはや苦行だったから、ようやく地元の交番に着いたときには、夜も明けはじめていた。通りには人っ子ひとりいない。ジャックは前回、警察《けいさつ》にお世話になったときのことを思いだし、ここはトライフルさんにいってもらうのがいいだろうと考えた。そして、証拠《しょうこ》書類をわたしてもらえばいい。おじいちゃんの中では、敵《てき》の極秘《ごくひ》計画を英国諜報《ちょうほう》機関に引きわたすってことになってるけど。

「じゃあ、さようなら、トライフルさん！」

ジャックはお別れを言った。トライフルさんにはあれだけイライラさせられたけど、今では同じくらい、別れるのがさみしく感じられた。

「さようなら、ぼうや。なかなかの夜でしたよ。この先もう一度ジゼルをおどれるかはわかりませんけど、ありがとうね」

「では、マダム、さらばだ」おじいちゃんも言った。

「さようなら、中佐《ちゅうさ》」トライフルさんはしなを作って言った。

そして、目をとじて、くちびるをとがらせると、ブチューとおじいちゃんに長いキスをした。おじいちゃんはちょっと照れたような顔をした。おじいちゃんがトライフルさんのほっぺたにキスを返すと、それだけで、トライフルさんは気絶しそうになった。トライフルさんが戦争の英雄《えいゆう》に片思いをしているのはまちがいなかった。

トライフルさんが交番へ入っていくのを見とどけると、ジャックはおじいちゃんに言った。

「では、中佐《ちゅうさ》どの。もう大変おそいですから、お宅までお連れします」

「なんと、いやいや、その必要はない、少佐《しょうさ》」

おじいちゃんはさもおかしそうにクックと笑った。

「『必要はない』とはどういうことです?」

「『必要はない』というのは『必要がない』ということだ! 忘れているところまるから言っておくが、少佐《しょうさ》、今は戦争中だぞ!」

「しかし——」

「いつなんどきドイツ軍がまた攻撃《こうげき》してくるかわからんのだ。わたしはすぐさま、勤務《きんむ》にもどる」

「せめてしばらく横になりませんか、中佐《ちゅうさ》どの？　昼寝《ひるね》だけでも？」

ジャックは必死の思いで言ってみた。

「冒険心《ぼうけんしん》はどこへいった？　基地へもどって、わがスピットファイアーを格納庫《かくのうこ》から出すのだ！」

「えっ⁉」

おじいちゃんは夜明けの雲を見あげた。

ジャックもつられて上を見た。

「すぐさま飛び立つのだ！」

おじいちゃんは宣言《せんげん》した。

52 すっかり頭が……

だめだ。

むりに決まってる。

スピットファイアーは、はるかかなた、ロンドンの帝国《ていこく》戦争博物館の天井《てんじょう》につりさげられている。骨董品《こっとうひん》で、何十年も飛んでいないのだ。まだ飛べるかなんて、わかるわけない。

この事態をなんとか食い止めるには、すばやく頭を働かせなければならない。

「中佐《ちゅうさ》どの？」

「なんだ、少佐《しょうさ》」

「空軍大将に電話をさせてください」

おじいちゃんが見ている前で、ジャックは交番の外に立っていた赤い電話ボックスのドアをあけた。もちろん空軍大将の電話番号なんて知っているわけがない。だから、おじいちゃんをごまかすために、時報サービスに電話をかけた。これなら123【注：イギリスの時報サービスは123】だから、忘れようがない。おじいちゃんにきこえるよう、ドアを細くあけたまま、ジャックは架空《かくう》の会話をはじめた。相手は空軍大将、しかもときは一九四〇年だ。

「ああ！　おはようございます、大将。こちら、バンティング少佐《しょうさ》です。はい、夜おそいのはわかっています。見方によっては、朝早くとも言えますが、ハッハッ！」

ジャックは学芸会にすら出たことはなかったけれど、一世一代の芝居をしてみせなければならない。受話器のむこうでは、録音された声が流れている。

「ただいまより二時ちょうどをお知らせいたします。ピッピッピッピーン！」

おじいちゃんは外で会話をききながら、若いパイロットが上官とジョークを言いあえるほど親しいことを知って、心底感心していた。

「今、バンティング中佐《ちゅうさ》といっしょにいます。はい、大将。そのとおりです。勇敢《ゆうかん》なるパイロットの……」

おじいちゃんはほこりではちきれそうになった。

「すばらしいお知らせがあります！　中佐《ちゅうさ》がコルディッツ収容所《しゅうようじょ》から脱走《だっそう》しました！　はい、もちろん、まったくもって命がけの脱出《だっしゅつ》でした。あのおそろしい場所にいた海軍、陸軍の兵士から女性パイロットや男性パイロットまで、ひとり残らず救出したんです。はい？　中佐《ちゅうさ》は少し休んで、体力を回復したほうがいいと？　とうぜん休暇《きゅうか》をとるべきだとおっしゃるんですね？」

ふいにおじいちゃんの表情が変わった。気に入らないのだ。

「これは命令だということですね？　だいじょうぶです、大将どの。わたしから中佐《ちゅうさ》にお伝えしますから」ジャックは時報サービスにむかって言った。

「では、中佐《ちゅうさ》はガーデニングをしなければならないとおっしゃるんですか？　本を読んだり？　ケーキを焼いたり？」

おじいちゃんはケーキを焼いてくらせるような人ではなかった。

「なんということだ！　戦争がつづいているというのに！　すぐさまスピットファイアーにもどらなければ。それこそがわたしの義務だ！　大将どのと話させてくれ！」

おじいちゃんはジャックから受話器をうばいとった。

「大将どの？　こちら、バンティング中佐《ちゅうさ》であります」

「ただいまより、二時一分四十秒をお知らせします」

「どういうことです、大将どの？　時間はわかっています！　時間ばかりおっしゃらないでください。大将どの？　大将どの？」

おじいちゃんはなにがなんだかわからなくなって、受話器を置き、ジャックのほうにむき直った。

「残念ながら、大将どのはすっかりおかしくなってしまわれた！　ずっと時間のことばかり言っておられるのだ！」

「もう一度電話させてください！」ジャックはせっぱつまってさけんだ。

「いや、だめだ！　もう時間がない。出発せねば、**高く、高く、そしてかなたへ！**」

第3部

戦闘機《せんとうき》、行方不明

53 栄光の日々

ジャックは「**高く、高く、そしてかなたへ**」いく前に、配給をもらったほうがいいと、なんとかおじいちゃんを説得した。まだ朝早かったので、開いているお店はひとつしかない。ラジの新聞販売《はんばい》店だ。本当のことをいうと、ラジがおじいちゃんをうまく説得してくれるかもしれないと期待していた。

リンリン！

まだ早かったけど、ラジはいつものとおり、カウンターのうしろで新聞を配達するために仕分けしていた。

「パンティーグさん！　もどったんですね！」

ラジは目をうたがった。ガメツイ院長に〈**たそがれホーム**〉に連れていかれるところを見たばかりなのに、まさかこんなにすぐにまたおじいちゃんに会えるとは思っていなかったのだ。

「そうなのだ、チャー・ワラ！　ジェリーから逃《に》げてきたよ！」

おじいちゃんは声高らかに言った。

「ジェリー？」

ジャックはすかさずわって入った。

「ナチスのことだよ【注：ジェリーはドイツ兵に対する侮蔑《ぶべつ》の言葉】。おじいちゃんは、まだ戦争中だと思ってるんだ。覚えてるでしょ？」

最後のところは声を低くして言った。

「ああ、そうだった、そうだった」

ラジも声をひそめて答えた。

「配給がほしいんだ、チャー・ワラ！　急いでくれ。夜明けまでにわがスピットファイアーまでもどらんとならないのでな」

ラジはどう答えたらいいかわからず、ぱっとジャックを見た。ジャックが小さく首を横にふったので、二人だけでこっそり話さなければならないということだと悟《さと》った。

「なんでも好きなものを選んでください！」

ラジにそう言われて、おじいちゃんは食べ物を物色して店を歩きまわりはじめた。

「まあ、食べ物が残っていればですけどね。昨日の夜、デュディおばさんがまんまとドアをたたきこわして、目につくものをすべて食っちまったんですよ。ぬりえの本までひと口、食ってたんですから」

ジャックはおじいちゃんにきこえないことを確認すると、言った。

「おじいちゃんを〈**たそがれホーム**〉から助けだしてきたんだ」

「うわさどおりひどいところなのかい？」

「それ以上だよ。はるかにひどい。おじいちゃんは、コルディッツ収容所《しゅうようじょ》にいると思ってたんだ。でも、あながちまちがいじゃないよ。で、おじいちゃんは今、スピットファイアーで飛ぼうとしてるんだ！」

「博物館のやつのことか？」

「そうなんだよ！　おじいちゃんになんて言ったらいいか、もうわからないんだ。ラジからなんとか説得してみてくれない？」

ラジは考えこんだ。そして、言った。

「おじいさんは戦争の英雄《えいゆう》だった。空を飛んでいたときは、おじいさんにとって栄光の日々なんだ」

「そうなんだ、わかってるよ。でも。むりだよ――――」

おじいちゃんが店の奥《おく》に落ちていた食べかけのチョコバーをむしゃむしゃ食べているのを見ながら、ラジは人さし指を立てて横にふった。

「『むり』ばっかりじゃだめだめ！　どうしていっつもむりって言うんだい？」

「だって、むり――――」

「また言う！　ジャック、きみのおじいさんはそうとうの年だ。おじいさんの頭の中がどんどんこんがらがっていってるのは、わかってるだろう。老いがおじいさんをむしばんでいるんだ」

ジャックの目に涙《なみだ》がわきあがった。ラジは、少年の肩《かた》にうでを回した。

「ひどいよ」ジャックは鼻をすって涙《なみだ》をこらえようとした。

「どうしておじいちゃんがこんな目にあわなきゃならないの？」

ラジは、必要なときはとてもかしこくなれた。

「ジャック、今、おじいさんがああやっていられるのは、ジャックがそばにいるからなんだよ」

「ぼくが？」ジャックにはどういうことか、わからなかった。

「そうさ、ジャックがいるからだよ！　ジャックがいっしょにいれば、おじいさんは栄光の日々にもどることができるんだ」

「そうかもしれない」

「わたしにはわかってるよ。いいかい、どうかしてるのはわかってる。だけど、たまにはどうかしてることをするのも悪くない。かつての英雄《えいゆう》に空を飛ばせてやったらどうだ？」

ジャックはそでで涙《なみだ》をぬぐった。そして、ラジを見あげてうなずいた。それに、自分自身も心の中では、あこがれてきた冒険《ぼうけん》をもっと味わいたいと思っていた。おじいちゃんといっしょに何度、戦闘機《せんとうき》のパイロットのふりをしたか、わからない。毎晩のように、パイロットになる夢を見てきたのだ。

そして、その夢を実現するときがやってきたのだ！

「中佐《ちゅうさ》どの！」

「なんだ、少佐《しょうさ》？」

ジャックとラジがしゃべっていることなど気にもとめずにチョコバーを食べていたおじいちゃんはふりむいた。

「空へ飛び立ちましょう！」

54

太陽と競争

それからしばらくして、三人はラジのおんぼろバイクに乗って、帝国《ていこく》戦争博物館を目指していた。スピードを出せば出すほど、バイクのゆれもひどくなる。ジャックはラジとおじいちゃんのあいだにつぶされそうになりながら乗っていたけれど、バイクがばらばらになってしまうんじゃないかとひやひやしていた。

のぼる朝日との競争だった。夜明け前に博物館に着ければ、スピットファイアーを盗《ぬす》みだせる可能性も高まる。暗闇《くらやみ》にまぎれてしのびこめば、例のゴリラ警備《けいび》員もまだ見まわりをはじめていないかもしれない。

こんな時間なので、道路には車ひとつない。博物館までいく一時間のあいだ、車を数台とトラックを二台、あとだれも乗っていないバスを見かけただけだった。世界はまだ目覚めていないのだ。

ラジは帝国《ていこく》戦争博物館の真ん前で二人をおろした。がらんとして、屋根の上にハトの群れがとまっている。

「幸運を祈《いの》ります、中佐《ちゅうさ》どの」ラジは敬礼《けいれい》した。

「ありがとう、チャー・ワラ」おじいちゃんはうなずいた。

「幸運を、少佐《しょうさ》」ラジはジャックにも敬礼《けいれい》した。

「ありがとう、ラジ……チャー・ワラ」

「二人ともご無事で！　ちなみに、床《ゆか》にあった食べかけのチョコバーの代金は請求《せいきゅう》いたしませんよ！」

「感謝する」と、おじいちゃん。

ついにラジはバイクのエンジンをかけ、ガタガタゆれながら走り去っていった。

こうして、強固な守りの要塞《ようさい》を脱出《だっしゅつ》したのち、ジャックとおじいちゃんはまた別の建物に侵入《しんにゅう》しなければならなくなったのだ。値段をつけられないほど高価な戦闘機《せんとうき》を多数、所有している博物館は、最高の警備《けいび》をほこっていた。建物のまわりをざっと見ると、やはりジャックがおそれていたとおりだとわかった。まどとドアにはすべてかぎがかかっている。前回、おじいちゃんが中に入ったときは、開館時間だったのだ。今回は、そうかんたんにはいかない。

正面入り口にもどってきたときには、二人ともあきらめかけていた。

「どこかのバカ者が格納庫《かくのうこ》にかぎをかけたにちがいない」おじいちゃんはつぶやいた。

ジャックは建物を見あげた。ローマ式のどっしりとした柱の上に、大きな緑色のドーム屋根がでんと居すわっている。下のほうには点々と小さな丸まどがならび、船の舷窓《げんそう》のように見えた。すると、正面のまどがひとつ、わずかに開いているように見えることに気づいた。なんとかこじあけることができるかもしれない。でも、どうやってあそこまでのぼればいいだろう？

ジャックは考えながら、入り口の前でほこらしげに砲口《ほうこう》を空へむけている巨大な艦載砲《かんさいほう》のひとつによりかかった。すると、アイデアが浮《う》かんだ。

「中佐《ちゅうさ》どの？」

「なんだ？」

「大砲《たいほう》の砲口《ほうこう》を反対にむけられたら、砲身《ほうしん》を伝って、あそこの開いているまどまでいけるのではないでしょうか？」

大砲《たいほう》は、大きな金属の砲台《ほうだい》の上に設置されていた。そこで、二人は力を合わせておしてみたが、びくともしない。

下のほうをさわってみると、大きなネジがたくさんついていた。

「まだとりわけ用のスプーンを持ってるんです！」

ジャックは勢いこんで言った。学校の厨房《ちゅうぼう》からこっそり持ってきたけど、おじいちゃんにわたす機会のないまま、ポケットに入れていたのだ。

「ネジ回し代わりに使えるぞ！」おじいちゃんもさけぶ。

スプーンの持ち手の部分を使って、おじいちゃんはあっという間にネジをゆるめた。

そして、二人は肩《かた》を砲台《ほうだい》にあて、全力でおした。

そうとうな労力を要したけれど、最後には砲口《ほうこう》を博物館のほうへむけることに成功した。

ジャックが片側の砲身《ほうしん》に、おじいちゃんがもう片側の砲身《ほうしん》にはいのぼり、二人は両手を横につきだしてバランスをとりながらじりじりと進みはじめた。数歩進んだところで、ジャックは気づいた。下を見てはいけない。地面までかなりある。

そうやって歩いていって、ついに博物館の

屋根までたどりついた。そこではためいているイギリス国旗《こっき》を見ると、おじいちゃんは敬《けい》礼《れい》した。ジャックもそれを見て、旗《はた》にむかって片手をあげた。

屋根はハトのフンだらけで、つるつるしていた。スリッパなんてはいていたら、なおさらだ。

「あれです！」

ジャックはほんの少しだけあいている丸まどを指さした。そして、細い指をうまい具合にすき間へ差しこむと、グイとひっぱってまどをあけた。

「よくやったぞ、少佐《しょうさ》！」

おじいちゃんはジャックをまどまでおしあげた。ジャックはまどをくぐると、手を差しだして、おじいちゃんをひっぱりあげた。

二人は帝国《ていこく》戦争博物館に侵入《しんにゅう》したのだ。

胸《むね》に「やったぞ！」という思いが浮《う》かぶ。

さあ、これであとは、**スピットファイアーを盗《ぬす》むだけだ。**

55 戦車を運転する

ジャックとおじいちゃんは階段をかけおりて、戦闘機《せんとうき》が展示されている中央ホールに飛びこんだ。

このあいだの事件のあと、戦闘機《せんとうき》はちゃんと修理されていた。スピットファイアーも以前の輝《かがや》かしい姿《すがた》にもどっている。

壁《かべ》に巻《ま》き上げ機があったので、二人は大急ぎで戦闘機《せんとうき》を床《ゆか》へおろした。

そばにあったガラスのキャビネットに、イギリス空軍パイロットの飛行服を着たマネキンがかざってあった。二人はすばやく頭を働かせ、かつて第一次世界大戦のときは馬に引かせていた騎兵隊《きへいたい》の大砲《たいほう》をキャビネットのほうへおしていって、ガラスをわった。

先を争うようにして飛行服を身につける。

ジャックは、ガラスケースに映った自分の姿《すがた》をチェックした。

ゴーグル、よし。
ヘルメット、よし。
飛行服、よし。
スカーフ、よし。
茶色の革《かわ》ジャン　よし。
ブーツ、よし。
手袋《てぶくろ》、よし。
パラシュート、よし。

これで飛行服はＯＫだ。
スピットファイアーも床《ゆか》におろしてある。
ところが、興奮《こうふん》のさなかで、二人は大切なことを忘れていた。

「中佐《ちゅうさ》どの？」

「なんだ、少佐《しょうさ》？」

「どうやってスピットファイアーを外に出しましょう？」

おじいちゃんはこまったような顔をしてまわりを見まわした。

「格納庫《かくのうこ》にドアをつけ忘れるとは、いったいどこのアホウだ？」

ジャックは、からだの中で風船がしぼんだような気持ちになった。博物館に入るだけでもこんなに大変だったのに、スピットファイアーを外に出すなんて、むりに決まってる。

ふと中央ホールの反対側を見ると、第一次世界大戦時の戦車が展示してあった。イギリスのマークV《ファイブ》戦車で、深緑の車体に二つの巨大なキャタピラがついている。あの大きさと重量なら、コンクリートだってぶちぬけそうだ。

ジャックの頭にアイデアがひらめいた。

「戦車の動かし方はご存じですか、中佐《ちゅうさ》どの？」

「まさか！　だが、そんなにむずかしくはなかろう」

おじいちゃんは、どんなことでも楽々やってのけるタイプだった。

二人は急いで戦車のところまでいくと、よじのぼって、てっぺんのハッチを開いた。そして、せま苦しい操縦席《そうじゅう》に飛びおりると、見なれないペダルやらレバーやらがずらりとならんでいた。

「いくつかためしに動かしてみるか？」おじいちゃんは言った。

そして、エンジンをかけると、レバーを引いた。戦車はいきなりうしろにむかって走りだした。

「止めて！」ジャックはさけんだ。

手おくれだった。

グシャッ！

帝国《ていこく》戦争博物館のおみやげショップはつぶれていた。

パニックになったジャックは、いちばん近くにあったハンドルをひっぱった。すると、戦車はものすごいスピードで前進しはじめた。

ドカン！

戦車は笑っちゃうくらいやすやすと博物館の壁《かべ》を破壊《はかい》した。

マークV《ファイブ》戦車のあつかい方がわかってきた二人は、何度か前後に動かして、壁《かべ》にスピットファイアーがくぐれるくらいの大きな穴《あな》をあけた。

ドカン！

ズドン！

ガラガラガラ！

そして、戦車からはいおりると、スピットファイアーまでかけもどった。翼伝《つばさづた》いにコクピットに乗りこむ。第二次世界大戦の戦闘機《せんとうき》はたいていそうだが、スピットファイアーもひとり乗りだったので、ジャックはおじいちゃんのひざの上にすわった。

「ここは居心地がいいな。だろう、少佐《しょうさ》？」

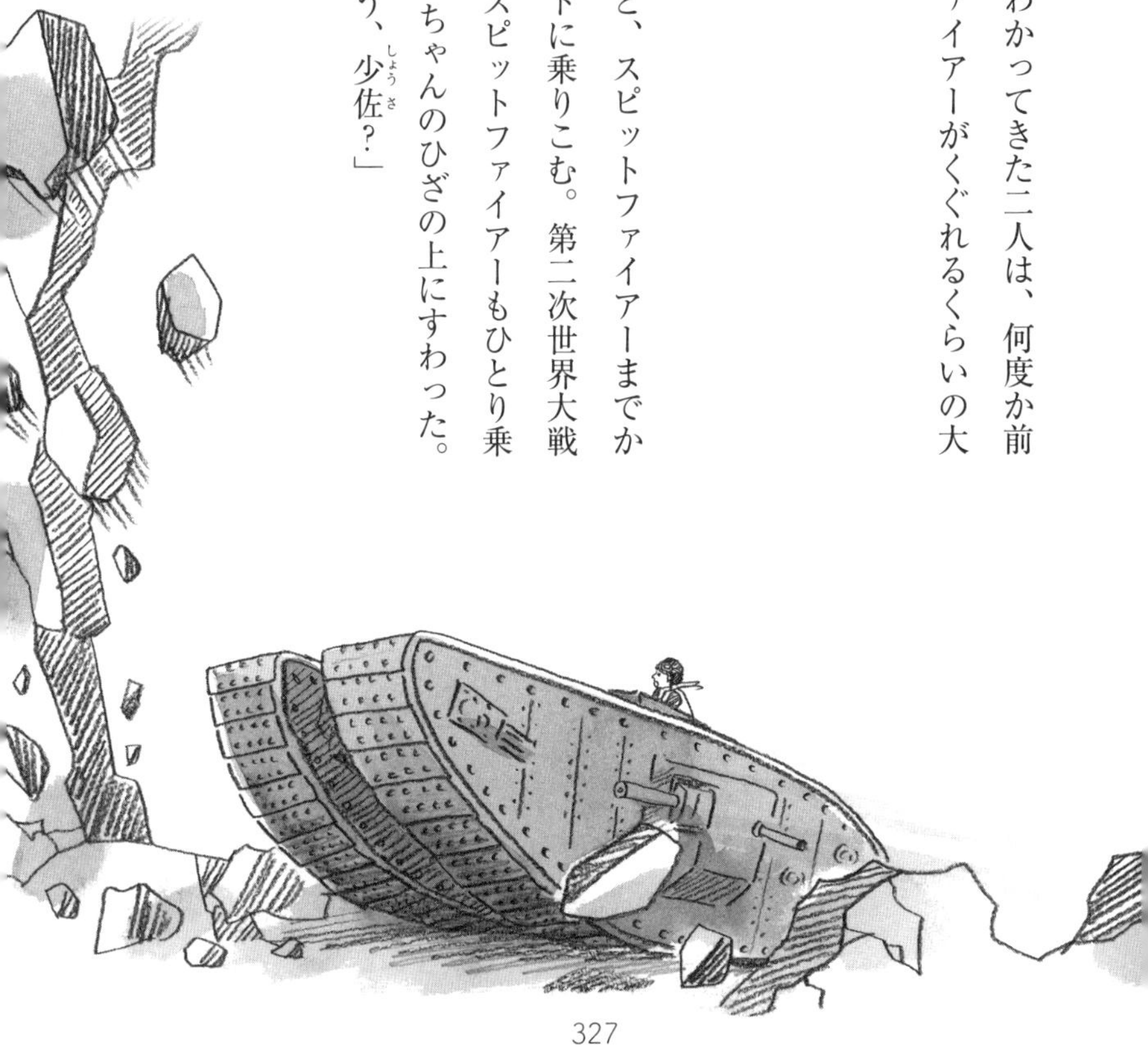

ジャックは生まれて初めて本物のスピットファイアーに乗ったのだ。夢がかなうのだ。何年ものあいだ、おじいちゃんとパイロットごっこをしてきたが、戦闘機《せんとうき》の中はすべておじいちゃんの説明してくれたとおりだった。

速度や高度のめもりのついた計器パネル。

下には、コンパス。

頭のところには、もちろん照準器がついている。ひざのあいだに、操縦《そうじゅう》かんがあった。てっぺんには、なによりもゾクゾクするものがついている。機関銃《きかんじゅう》の発射ボタンだ。おじいちゃんは飛行前のチェックをした。

「キャノピー　よし！

プロペラ、低速　よし！

バッテリー、オン　よし！

フラップ、アップ　よし！

ナビ装置《そうち》　よし！

フライト計器類　よし！

燃料、燃料は？　**空《から》だ！**」

ジャックは燃料メーターへ目をやった。空《から》だ。こうして完全武装《ぶそう》で乗りこんだっていうのに、どこへもいけないなんて。

「ここで待ってろ、少佐《しょうさ》」おじいちゃんが言った。

「どうなさるんです？」

「わたしがおりて、おすんだ！」

56

燃料を入れろ！

ジャックがコクピットで操縦《そうじゅう》かんをにぎり、おじいちゃんは全身の力をふりしぼって戦《せん》闘機《とうき》を外の道路までおしていった。運よく、ほとんどが下り坂だった。

それから、二人はガソリンスタンドを探《さが》しにいった。スピットファイアーを飛ばすなら、燃料タンクを満タンにしなければならない。

幸い、博物館からちょっといったところで見つかった。

カウンターの女の人は、第二次世界大戦の戦闘機《せんとうき》がスタンドに入ってくるのを、あんぐりと口をあけて見ていた。

ジャックはコクピットからさけんだ。

「中佐《ちゅうさ》どの、車用のふつうのガソリンでもスピットファイアーに使えるんでしょうか?」

「スピットファイアーは気に入らないだろうな。少々せきこんで、パチパチ音を立てるかもしれん。だが、それでもなんとかなる」

いうまでもなく、戦闘機《せんとうき》は車の何倍もの燃料を必要とする。ジャックは、給油機の値段

が、二百、三百、四百、とぐんぐん上がっていくのをひやひやしながら見ていた。

「中佐《ちゅうさ》どのはお金を持ってらっしゃいますか？」

「いいや。きみは？」

ようやく燃料がいっぱいになったと思ったときには、値段は九百九十九ポンドに達していた。そこで、どうせなら端数《はすう》を切りあげようとしたが、思わず強くおしすぎて、千ポンド一ペンスになってしまった。

「しまった！」おじいちゃんはさけんだ。

「どうやってはらいましょう？」

「あの女性に、イギリス空軍の任務だと話してみよう。戦時中だから、燃料は徴用《ちょうよう》しているからな」

「中佐《ちゅうさ》どの、幸運を！」

おじいちゃんはジャックのあきらめ口調に気づかず、支払いカウンターまでのしのしと歩いていった。

ちょうどそのとき、となりの給油機に小さな黄色い車が止まった。ジャックがコクピットからのぞくと、運転席にあの帝国《ていこく》戦争博物館の毛深い大柄《おおがら》の警備《けいび》員がすわっているではないか。制服を着ているところを見ると、これから仕事にいくのだろう。

「おじいちゃん！　じゃなくて、中佐《ちゅうさ》どの！」ジャックは大声でさけんだ。

「失礼、マダム」

おじいちゃんは女の人に言ってから、ふり返ってまゆをクイッとあげた。

「なんだね、少佐《しょうさ》？」

「すぐにもどってください、早く！」

警備《けいび》員はジャックに気づくと、ここで会ったが百年目といわんばかりに車からおりてきた。

「おい、おまえ！」

「無線で連絡《れんらく》が入ったんです！　今すぐ離陸《りりく》しなければ！」

ジャックは必死になってさけんだ。

おじいちゃんはこっちへむかって走りながら、命令を下した。

「よしきた！　エンジンをかけろ！」

おじいちゃんのアパートでさんざんシミュレーションをしてきたおかげで、ジャックはすぐにどのボタンかわかった。ボタンをおすと、四十歳《さい》の戦闘機《せんとうき》はブルンとふるえて、息を吹き返した。

「おい、おまえたち、今度はいったいなにをするつもりだ？」

警備《けいび》員はエンジン音に負けじとどなった。

「地上走行開始！」

おじいちゃんが走りながら指示を飛ばす。

「ご婦人！　警察《けいさつ》に電話を！」

警備《けいび》兵がとどろくような声で言う。

スタンドから道路へ出るスピットファイアーをおじいちゃんは追いかけ、翼《つばさ》に飛び乗った。がっちり体型の警備《けいび》員は最初、走って追いかけていたが、すぐにわきばらがいたくなり、車にもどった。スピットファイアーはぐんぐん加速して、道路を走っていく。おじいちゃんはよろめきながら翼《つばさ》の上を歩いて、コクピットまできた。ジャックは三輪車の交通規則を習ったことがあるだけだったが、信号が赤になったのを見て反射《はんしゃ》的に急ブレーキをかけた。

警備員《けいび》は小さな黄色い車をスピットファイアーの横につけると、かんかんになってどなりはじめた。ジャックはどうしたらいいかわからず、にっこり笑って手をふってみた。

「なぜ止まったんだ、少佐《しょうさ》?」おじいちゃんがどなった。

「いけ、いけ、いけー!」

おじいちゃんはコクピットになんとか乗りこむと、風防ガラスをとじ、ベルトをしめて、操縦《そうじゅう》かんをにぎった。戦闘機《せんとうき》はうなり声をあげた。

スピットファイアーは、テムズ川の南側の大通りを走りだした。

すると、むこうから車が走ってきた。まるで度胸《どきょう》だめしのゲームみたいに、おじいちゃんはぎりぎりでかわし、さらにやってくる車を次々よけながら進んでいった。

耳をつんざくようなエンジン音に加え、サイレンの音がひびいてきた。最初は遠くからきこえるだけだったが、あっという間にぐんぐん近づいてきた。

ウィンウィンウィンウィンウィン。

ジャックがふりかえると、パトカー隊が猛烈《もうれつ》な勢いで追ってくる。

「離陸《りりく》には、長い一本道が必要だ！」

おじいちゃんが言った。ロンドンの中心部にそんなところがあるわけがない。

ジャックは右を見た。さらに道路があるだけだ。左を見た。すると、ウォータールー橋が目に入った。

「中佐《ちゅうさ》どの、左へ！」

「ラジャー！」

戦闘機《せんとうき》はぐるりと左をむき、滑走路《かっそうろ》のごとく橋の上を疾走《しっそう》しはじめた。

前からも数十台のパトカーが行く手をふさごうと、やってくるのが見えた。

「中佐《ちゅうさ》どの、あれを！」

おじいちゃんは、パトカーが間に合わせのバリケードを築きはじめたのを見ながら、スピードをあげた。今すぐ離陸《りりく》しなければ、スピットファイアーはパトカーに、**ガシャン、ドカン、グシャッ！**とばかりにつっこんでしまう……。

57 ブーン

ヒュウウウウウウウ！

ジャックはほっとして全身から力がぬけるような気がした。二人は空にいたのだ。

「**高く、高く、そしてかなたへ！**」おじいちゃんが言った。

「**高く、高く、そしてかなたへ！**」ジャックもくりかえす。

スピットファイアーの後輪がバリケードを作っているパトカーの屋根にぶつかり、機体が一瞬《いっしゅん》、よろめいたが、なんとか立て直した。

真ん前にかの有名なサボイホテルが現われた。おじいちゃんがすかさず操縦《そうじゅう》かんをうしろへ引く。と、スピットファイアーはぐんと高度をあげた。地上の警官《けいかん》たちに見せつけずにはいられずに、おじいちゃんはヴィクトリーロールを決めた。

ブーン！

それはまるで、シャチが高々とジャンプして、あらゆる生き物のトップに君臨《くんりん》することを示しているかのようだった。

スピットファイアーはまさにシャチだった。これまで作られた中で最強の戦闘機《せんとうき》であり、操縦席《そうじゅう》に乗っているのは、イギリス空軍で一、二を争った最高のパイロットなのだから。

おじいちゃんの手にかかれば、古い戦闘機《せんとうき》も真新しいレーシングカーと化した。急旋回《きゅうせんかい》して、セントポール大聖堂《だいせいどう》をかすめるように飛んだときは、ジャックは心臓《しんぞう》が止まるかと思った。それから、テムズ川の上空をすべるように飛び、巡洋艦《じゅんようかん》ベルファスト記念《きねん》館を真下に見ながら、まっすぐタワーブリッジへつっこんでいく。そして、はね橋の両はしが開きはじめた瞬間《しゅんかん》、

ピュウウウウウ！

とあいだを通りぬけた。

生まれてからこれまでの十数年で初めて、ジャックは心の底から生きているという感覚を味わっていた。自由を。

「さあ、少佐《しょうさ》、操縦《そうじゅう》しろ」

ジャックは自分の耳が信じられなかった、おじいちゃんはジャックに操縦《そうじゅう》を任せようとしているのだ。

「本当ですか、中佐《ちゅうさ》どの？」

「ラジャー！」

そう言うと、おじいちゃんは手をはなしたので、ジャックは操縦《そうじゅう》かんをぐっとにぎりしめた。おじいちゃんに教わったとおり、わずかな手の動きだけでスピットファイアーは反応した。

空にふれたい。操縦《そうじゅう》かんをぐっと手前に引くと、戦闘機《せんとうき》はぐんぐん上昇《じょうしょう》しはじめた。雲のあいだを通りぬけると、太陽が見えた。燃えあがる炎《ほのお》のかたまりに照らされ、空が輝《かがや》いている。ついに雲の上に出た。ほかにはだれもいない。ロンドンははるか下に遠のき、頭上には宇宙が広がるのみだ。

「宙返《ちゅうがえ》りがしたいです、中佐《ちゅうさ》どの！」

「ラジャー！」

ジャックが操縦《そうじゅう》かんをグイッと手前に引くと、スピットファイアーは大空に弧《こ》を描《えが》いた。

さかさまになる！　その瞬間《しゅんかん》、ほかのことはどうでもよかった。今の瞬間《しゅんかん》にくらべれば、過去も、未来も、なんの意味もなかった。

操縦《そうじゅう》かんをにぎったまま、ジャックはふたたび上昇《じょうしょう》しはじめた。数秒？　それとも数分？　これだけでいい。ほかのことはどうでもいい。今まであったことなんて、関係ない。これから起こることだって、どうでもいい。あるのは、そう、大切なのは、今だけだ。

ジャックはあらゆるものを心に刻みこんだ。操縦《そうじゅう》席におしつけられるような重力の感覚、エンジンの音、燃料のにおい。

スピットファイアーは水平になり、雲をかすめ、まっすぐ太陽を目指した。

すると、前方の目のくらむような赤い光の中から、正体不明の黒い点が二つ、現われた。太陽の光がまぶしくて、最初はそれがなんだか、みきわめるのはむずかしかった。猛《もう》スピードでこちらにむかってくる。

58

決して降伏《こうふく》しない

すぐ近くまできたのを見て、ジャックはそれがハリアーだとわかった。現代のジェットエンジンを搭載《とうさい》した戦闘機《せんとうき》だ。ハリアーは信じられないスピードでスピットファイアーとすれちがった。

ジャックはこわくなった。ハリアーがどうしてここに？　ジャックたちを撃《う》ち落とすため？　二機のハリアーがすぐそばをかすめて飛んでいったのは、警告《けいこく》だろうか？　ふり返ると、二機が引き返してくるのが見えた。ものの数秒で、ハリアーは追いついて、スピットファイアーとならんで飛びはじめた。二機のハリアーにはさまれ、翼《つばさ》同士がふれ合いそうだ。パイロットは二人とも真っ黒いバイザーをおろしているので、目は見えない。口もマスクでかくれている。人間というよりロボットみたいだ。

「ジェリーの連中は、高性能の新型機を開発したみたいだな！」おじいちゃんはさけんだ。

ジャックは左を見て、それから右を見た。

どちらのパイロットも、着陸するよう合図している。

「中佐《ちゅうさ》どの、着陸するようにと言っています」

「チャーチル首相がなんと言ったか、覚えているかね、少佐《しょうさ》？」

ジャックは歴史の授業で、第二次世界大戦時の首相だったウィンストン・チャーチルがいろいろな名言をたくさん残していることは知っていたが、今、この場でおじいちゃんが言っているのがどれのことか、わからなかった。

「人類の紛争《ふんそう》において、かくも多数の人々が、かくも多くのことを、かくも少なき人々に負ったことはなかった？」

「ちがう」

「われわれは海岸でも戦う？」

「ちがう」

脳みそがこわれそうだ。

「血と労苦、涙《なみだ》、そして汗のほかに、わたしが差しだせるものはない？」

「ちがうちがう、それじゃない」

おじいちゃんは、頭がこんがらがってさけんだ。

「われらが偉大《いだい》なる首相は、あきらめてはならないってことについて、なにか言ったろう。正確には思いだせないが、あきらめるのはだめだと言ったことはまちがいない！」

「われわれは決して降伏《こうふく》しない？」

「それだ！　わたしは決して……」

ジャックは恐怖《きょうふ》でごくっとのどを鳴らした。

59 ミサイル

おじいちゃんが操縦《そうじゅう》かんを手前にたおすと、スピットファイアーはロケットみたいに一直線に上昇《じょうしょう》しはじめた。ハリアーは一瞬《いっしゅん》、すきをつかれたが、すぐに追ってきた。スピットファイアーの木製のプロペラが、現代のジェットエンジンにかなうはずがない。しかし、おじいちゃんの技は、時代物の戦闘機《せんとうき》にハリアーをしのぐ力を与《あた》えた。たしかに、かつて美しかった機体はガタガタと振動《しんどう》し、ときおり、プスンプスンと煙《けむり》を吐いた。が、それでも、飛んでいる姿《すがた》は、まさに詩にうたいたくなるような美しさだった。

するととつぜん、ハリアーのうち一機がミサイルを発射した。ミサイルはスピットファイアーの横を通りすぎていって、空中で爆発《ばくはつ》した。

ブーン！

明らかに警告《けいこく》だ。その気になれば、ハリア

ーはスピットファイアーなどまたたきするあいだに撃墜《げきつい》できる、という意味だ。ジャックは恐怖《きょうふ》でおしつぶされそうになった。

ロンドン中心部の上空を飛ぶ未確認機は、国家の安全をおびやかす存在だ。ハリアーは、スピットファイアーを着陸させるために出動したのだ。

そのとき、スピットファイアーの無線から声が流れてきた。

「こちら、ハリアー、レッド・リーダー。スピットファイアー、きみたちは飛行禁止区域《くいき》を飛行している。すぐさま着陸せよ。どうぞ！」

「われわれは決して降伏《こうふく》しない！　どうぞ！」おじいちゃんは言った。

「きみたちを傷つけたくはない。だが、着陸しなければ、撃墜《げきつい》せよとの命令が出ている。どうぞ！」

「通信終了《しゅうりょう》！」

おじいちゃんは言って、無線のスイッチを切った。

60 炎《ほのお》をくぐりぬけて

うしろからまたミサイルの発射音がした。おじいちゃんがスピットファイアーをかたむけたのと同時に、弾《たま》は機体の腹すれすれを飛んでいった。

ブーン！

二発目は、スピットファイアーの鼻の先で爆発《ばくはつ》した。スピットファイアーはそのまま炎《ほのお》の中につっこんでいき、ジャックは目をぎゅっとつぶった。

「言うとおりにしなくちゃ！」

耳をつんざくような爆発《ばくはつ》音に負けじと、ジャックはどなった。

「降伏《こうふく》して地上で奴隷《どれい》として生きるよりは、空で英雄《えいゆう》として死ぬほうを選ぶ」

「だけど――――！」

「だが、きみは脱出《だっしゅつ》しろ、少佐《しょうさ》！」おじいちゃんも大きな声でどなった。

「おじいちゃんを置いてはいけないよ!」

「おじいちゃん?」ふいにおじいちゃんはとまどったような口調になった。

「そうだよ、おじいちゃん。ぼくだ、ジャックだよ。おじいちゃんの孫だよ」

「わたしの……孫?」

「そうだよ」

「ジャック?」

一瞬《いっしゅん》、おじいちゃんは完全に現在にもどってきたように見えた。

「うん、ジャックだよ」

「ジャック、わたしの大切な孫! おまえにけがをさせるわけにはいかない。今すぐ脱出《だっしゅつ》しろ」

「おじいちゃんを置いていくのはいやだ!」ジャックは泣いた。

「わたしが、おまえを置いていくのだ。それしかない」

「お願いだよ、おじいちゃん。おじいちゃんに死んでほしくないんだ!」

「愛してるよ、ジャック」

「ぼくもだよ、おじいちゃん」

「おまえが愛してくれるかぎり、わたしは死にはしない」

そう言うと、おじいちゃんはスピットファイアーを宙返《ちゅうがえ》りさせ、風防ガラスを開くと、ジャックのパラシュートのひもをグイとひっぱった。

「高く、高く、そしてかなたへ！」

おじいちゃんは孫の背中にむかってさけぶと、最後の敬礼《けいれい》をした。

61 地上へ

パラシュートはすぐさま開き、ジャックをコクピットから引きずりだした。ハリアーがごう音を立てて横を通りすぎ、ジャックが見ている前でスピットファイアーは高く、高く上昇《じょうしょう》していった。

徐々《じょじょ》に降下《こうか》しながら、ジャックは空を見あげた。みるみるうちにスピットファイアーははるかかなたの、ごく小さな点にすぎなくなった。そして、あっという間に視界《しかい》から消えた。

「**高く、高く、そしてかなたへ**」

ジャックはぼそりとつぶやいた。ほおを涙《なみだ》が流れ落ちた。

顔を下へむけると、ロンドンの街が見えてきた。活気にあふれる大都市は、空から見ると、とても平和に見えた。川と公園、さまざまなすばらしい建物の屋根が、ボードゲームの格子《こうし》もようのようにきれいにならんでいる。

晴れた日の午後、おじいちゃんのアパートで、弾《たま》をあびたスピットファイアーからパラシュートで脱出《だっしゅつ》するごっこ遊びをしたことがあった。だから、実際におりるのは初めてだったけれど、パラシュートのひもをひっぱりながら安全な場所へ舵《かじ》をとるやり方をジャックは知っていた。

広々とした場所を探《さが》す。あの緑の多いところは、たぶん公園だろう。ジャックは安全着陸を目指し、そちらの方向へ舵《かじ》を切った。

下へ

下へ

下へ

おりていく。

高い木々のてっぺんを通りすぎた。ひざをぐっと曲げるのを忘れないようにして地面に着地し、きれいに刈《か》られたしばふの上をごろりと転がる。ジャックはつかれ切って、そのまま横になった。目をとじる。なんて長い夜だったんだろう。

するといきなり、なにかぬれてあたたかいものが顔にふれた。目をあけると、小さな犬が何匹《びき》か、ジャックを起こそうとするようにぺろぺろと顔をなめていた。しばらくして、犬はみんな、コーギー犬だということに気づいた。びっくりしてからだを起こすと、遠くのほうからツイードのスカートとキルティングの上着にマフラーを巻《ま》いた、上品な感じの女の人がやってくるのが見えた。

近くまでくると、どこかで見た顔だということに、ジャックは気づいた。

切手だ。

女王だ。

そのうしろを見やると、まぎれもないどうどうたる女王の住まいがそびえたっていた。

ジャックが着地したのは、バッキンガム宮殿《きゅうでん》だったのだ。

イギリス女王はジャックのことを見おろすと、ふしぎそうに言った。

「わたくしのイギリス空軍のパイロットにしては、少々若すぎるようですね？」

第4部
星への道のり

62 英雄《えいゆう》へ敬礼《けいれい》を

おじいちゃんのお葬式《そうしき》は、一週間後に行われた。地元の教会は、英雄《えいゆう》に最後のあいさつをしたい人々であふれかえった。

ジャックは、いちばん前の席にパパとママにはさまれてすわっていた。目の前にある棺《ひつぎ》が空《から》っぽなのは知っていた。ふしぎなことに、スピットファイアーは発見されなかったのだ。おじいちゃんの遺体《いたい》も、見つからなかった。

ハリアーのパイロットは、古い戦闘機《せんとうき》が高く、高く、大気圏《たいきけん》の果てまで飛んでいって、レーダーの画面から消えてしまったと報告した。何日にもわたる捜索《そうさく》が行われたけれど、スピットファイアーは跡形《あとかた》もなく消えてしまった。

棺《ひつぎ》には、イギリス国旗《こっき》がかけられていた。イギリスでは、こうして軍人に敬意《けいい》をはらう。棺《ひつぎ》の上には、おじいちゃんのもらった中でももっとも輝《かがや》かしい〈空軍殊勲《しゅくん》十字章〉がかざられていた。

ジャックのすぐうしろにはラジがすわって、チューバみたいな音で鼻をかんで泣いていた。その横には、おじいちゃんとジャックが〈**たそがれホーム**〉から助けだしたお年よりたちがすわっている。トライフルさんや陸軍少佐《しょうさ》や海軍少将の姿《すがた》もある。みんな、脱走《だっそう》を手伝ってくれたおじいちゃんへの感謝の気持ちを一生持ちつづけるだろう。

〈**たそがれホーム**〉の事件は、国をゆるがす大スキャンダルになった。新聞の一面をかざり、テレビではトップニュースで報じられた。ジャックは名声には興味はなかったけれど、おじいちゃんは今や超《ちょう》有名人だった。

老人ホームは焼け落ちたが、看護師《かんごし》たちはみな、逃亡《とうぼう》中だった。でも、なによりも気になるのは、今回の黒幕《くろまく》、〈**たそがれホーム**〉の極悪院長がどうなったか、だれにもわからないことだ。ガメツイ院長は火事で命を落としたのだろうか？　それともまた次の悪事をたくらんでいるのか？

通路をはさんだ反対側には、第二次世界大戦の元パイロットたちの一団がすわっていた。バンティング中佐《ちゅうさ》のかつての同僚《どうりょう》だったおじいさんたちはみな、どうどうたるようすで背すじをピンとのばしている。そして、全員がなんらかの軍人ひげをたくわえていた。

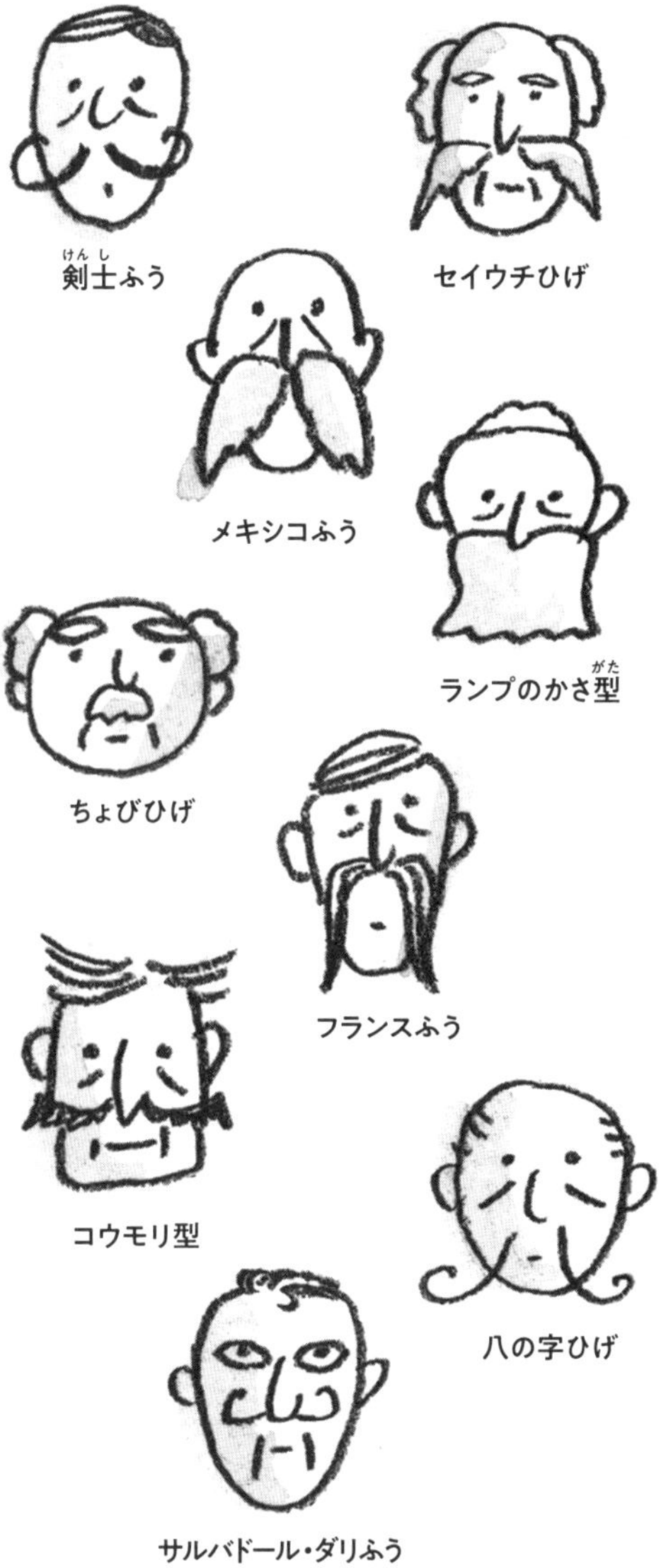

みな、ブレザーとスラックスを着て、胸《むね》にずらりとつけた勲章《くんしょう》がぶつかりあってチャリンチャリン音を立てている。

ジャックの歴史のクラスにいる子どもたちも、みんなきていた。マコトーニ先生にたのみこんで、お葬式《そうしき》に出るために授業を休みにしてもらったのだ。みんな、おじいちゃんの出張授業を心底楽しんだし、バトル・オブ・ブリテンのスリル満点の話は一生忘れないだろう。もちろん、クラスメイトであるジャックをささえたいという気持ちもあった。

おじいちゃんが真の英雄《えいゆう》だったことを知ったマコトーニ先生は、歴史の授業で失礼な態度をとったことを心から後悔《こうかい》していた。今も、ぽろぽろと涙《なみだ》を流している。そんな先生をなぐさめるようにうでを回しているのは、帝国《ていこく》戦争博物館の警備《けいび》員だ。先生が警備《けいび》員に人工呼吸《こきゅう》をしたのがきっかけで、ロマンスが花開いたのはまちがいない。

そのうしろには、ロンドン警視庁《けいしちょう》のあわれな刑事《けいじ》、ビーフとボーンの姿《すがた》もあった。今は**〈たそがれホーム〉**の捜査《そうさ》を指揮《しき》しているので、ジャックとパパとママのこともよく知るようになっていた。二人の尋問力《じんもんりょく》を知っていたので、ジャックはあまり期待していなかった。でも、二人ともいい人だというのはもうわかっていたから、悲しみのどん底にいたけれど、お葬式《そうしき》にきてくれたことはうれしかった。

教会のオルガンの演奏《えんそう》のあと、ヨクバリー牧師がお説教【注：礼拝《れいはい》のとちゅうで行われる聖書の解釈など】をはじめた。

「愛する信徒のみなさん、わたしたちは今日ここに、おじいさまであり父親であり多くの人々にとっての友人でもある故人をしのぶために集まりました」

「わたくしが愛した唯一《ゆいいつ》の方だったわ！」

トライフルさんが思いきりメロドラマふうになげいてみせた。

ところが、ジャックは牧師に目がくぎ付けになって、お説教も耳に入らなかった。気づいたのだ、なにかがひどくあやしいことに。

63 おれた鼻

じろじろ見ているうちに、ジャックはヨクバリー牧師が厚化粧《あつげしょう》をしていることに気づいた。まるでなにかをかくそうとしているみたいだ。しかも、しゃべりながら、そわそわしたようすでメガネごしにちらちらジャックのほうを見ている。ダイヤをちりばめた金のうで時計がジャラジャラと音を立て、ジャックがそちらに目をやったのに気づくと、気まずそうにそででかくした。ピカピカの黒いくつは、ものすごく高価なワニ革製《がわせい》だ。おまけに、シャンパンと高級葉巻《はまき》のあまったるい香《かお》りをぷんぷんにおわせている。どう見ても、こまっている人に手を差しのべるような、ふつうの牧師さんではない。ヨクバリー牧師が手を差しのべるのは、自分だけだ。

「では、聖歌集百二十四ページ、『われはなんじに誓《ちか》う、わが祖国よ』」

ヨクバリー牧師がうなずくと、大柄《おおがら》のオルガン奏者が演奏《えんそう》をはじめた。手にLOVE《ラブ》とHATE《ヘイト》というタトゥーがある。それを見たとたん、ジャックは気づいた。ローズ看護師《かんごし》にそっくりだ！

演奏《えんそう》がはじまると、参列者たちは立ちあがり、歌いはじめた。

われはなんじに誓う、わが祖国よ、地上のあらゆるものよ、
あらゆるものにして完全なるもの、わが愛への奉仕……

聖歌が歌われているあいだも、ジャックはじっと牧師の目を見ていた。小さくてブタみ

たいだ。あの日、どこかで見たことがある。

祖国がよぶのをきく、海のむこうから、
海を越えて、祖国はわれをいくどとなくよんだ

さらにジャックは聖歌隊をひとりひとり見ていった。顔の傷、おれた鼻、ぬけた歯。だれひとり、歌詞を覚えていない。もごもごと低い声でつぶやいているだけだ。あの真ん中の金歯の男は……デイジー看護師《かんごし》？

戦いの音がきこえる、銃《じゅう》の雷鳴《らいめい》が、
わが母なる祖国であるなんじのもとにかけつけよう、なんじの息子のひとりとして

ジャックはふり返って、うしろに立っている補佐役《ほさやく》の聖堂番を見てみた。伝統にしたがい、長くて黒いガウンを着ている。でも、一風変わっているのは、スキンヘッドで首にク

モの巣のタトゥーを入れていることだ。やっぱり見覚えがある。ブラッサム看護師《かんごし》？

もうひとつの国がある。はるかむかしにきいたことのある
その国を愛する者には最愛の者、その国を知る者には偉大なる者

聖歌が終わりに近づいたころには、謎《なぞ》がとけるまであと一歩に迫《せま》っていた。次々と記憶《きおく》が呼《よ》び起こされる。太い葉巻《はまき》をすっていたガメツイ院長、ヨクバリー牧師が熱心に〈**たそがれホーム**〉を勧《すす》めたこと、二人とも鼻が上をむいていたこと……ここにいる助手やオル

ガン奏者や聖歌隊や聖堂番がニセ看護師《かんごし》、つまり、入居者の世話もせずに老後のたくわえをネコババしていた犯罪者集団だとすれば、彼《かれ》らのボスだってそう遠くにはいないはずだ。

ヨクバリー牧師はあいかわらず礼拝《れいはい》をつづけている。

「次に詩編三十三章を読みましょう。『主にあって、喜び歌え……』」

ジャックはこれ以上がまんできなくなり、すっくと立ちあがった。

「葬式《そうしき》はこれまでだ！」

64

しりに火が！

お葬式《そうしき》を中断するなんて、前代未聞《ぜんだいみもん》だ。教会に集まっていた人たちはジャックがやったことが信じられずに、いっせいにそちらに目をむけた。例外だったのは、元パイロットの義眼くらいだ。

「いったいどういうことだね？」ヨクバリー牧師は言った。

「どうしたんだ、ジャック？」パパがささやいた。

「お願い、ジャック。いいからすわって、口をとじてて！」

ママはジャックのうでをひっぱって、むりやりすわらせようとした。

「あの牧師……」

ジャックは手のふるえを止められないまま、力をふりしぼるようにして牧師を指さした。

「牧師と院長は……やつらは……**同一人物だ！**」


ええっ!?


四百人がいっせいに息をのんだ。例外は、少々耳の遠い海軍少将だけだ。補聴器《ほちょうき》がキーンと大きな音を立てたので、少将は大声で言った。

「ぼうや、今なんて言ったんだ？」

「こう言ったんです」

ジャックはさっきよりもはるかに大きな声で、くりかえした。

「あの牧師と院長は同一人物だ。やつはいかさま師だ！」

「すまんが、だれかが耳元で口笛をふいとる。なにやらよくない言葉を言ったのがきこえなかった」

すると、となりにすわっていた友人の少佐《しょうさ》が声を張りあげて言った。

「あの子は、牧師はいかさま師だと言ったんだ！」

「熱さまし？　だれか、かぜでも引いたのか？」

海軍少将はさっぱり意味がわからずにたずねた。

「あとで説明する！」少佐《しょうさ》はどなった。

「ちがう、わたしは、うう、その悪ガキはうそをついている！」

ヨクバリー牧師は言い返した。ひたいには玉のような汗が浮《う》かび、口がからからにかわいて、しゃべろうとしても、パクパクという音しか出てこない。悪者は、毛糸玉のようにみるみるほどけつつあった。

一方の聖歌隊は、おろおろして顔を見あわせていた。ざわめきが広がる。すると、ふいに元デイジー看護師《かんごし》がさけんだ。

「むりやりやらされたんだ！　老人ホームで看護師《かんごし》のふりをしろって！」

「だまれ！」牧師がぴしゃりと言った。

「なにもかも話す！　刑務所《けいむしょ》に入るなんていや！　あたし、こんなにきれいなのに！」

「だまれと言ったんだ！」

ネズミが一匹《ぴき》、しずむ船から逃《に》げだしたのだ。ほかのネズミたちがあとにつづくのは、時間の問題だ。ジャックは、今こそチャンスだと感じた。

「ガメッツイ院長は、〈**たそがれホーム**〉の火事を逃《に》げのびたんだ！　こうやって町の中に溶《と》けこんで、ずっと正体をかくしてたんだ！」

「わたしはまちがったことは、なにひとつしていない！　ちょっと遺言書《ゆいごんしょ》を書きかえただけだ、まずしい人たちに施《ほどこ》しができるようにな！」

「うそだ！　大うそつきめ！」ジャックはさけんだ。

「しりに火がついたな！」ラジもさけぶ。

「盗《ぬす》んだお金でシャンパンや葉巻《はまき》や新車のスポーツカーを買ってたんだろ！」

ヨクバリー牧師の化けの皮は、完全にはがされたのだ。

65 老人の軍

祭壇《さいだん》に立ったヨクバリー牧師は、苦々しい口調で言いはなった。

「だからなんだというんだ？　おろかなおいぼれどもが金を持っていたってしょうがないだろう！」

いうまでもなく、そのひと言は教会に集まったお年よりたちに非常に受けが悪かった。

たちまち教会は怒《いか》りのつぶやきであふれかえった。

「毎週、日曜の礼拝《れいはい》のあと、献金箱《けんきんばこ》の中身をあけるが、みじめったらしいおいぼれどもが入れるのは、銅貨が二、三枚か古ぼけたボタンときてる。それでどうやってモンテカルロに別荘《べっそう》を買えというんだ？」

「やれやれ、あきれたもんだ！」ラジはやじった。

「だまりやがれ！」牧師はどなった。

「**ブウウウウウウ**」ラジはバカにしたようにブーイングした。

「だから、墓ほり人たちと計画を立てたのだ。わたしが老人ホームを作り、じじいばばあどもの遺言書《ゆいごんしょ》を偽造《ぎぞう》して、やつらの金を横どりしてやろうと……」

「すみませんが、もう少しゆっくりしゃべってもらえませんかね？」

うしろの席から、手帳を持ったビーフ刑事《けいじ》が言った。

「ぜんぶ書きとめようとしているもんでね」

それを聞いて、ボーン刑事《けいじ》があきれたように目を回した。

「ひきょうではら黒い男め！」ジャックはどなった。

「そうだ！　おまえはひきょうではら黒い男で、ひきょうではら黒い女だ！　お年よりにあんな残酷《ざんこく》なことをするなんて！」

「ほう、だれがそんなことを気にするんだ？　完全に頭のネジのいかれてる連中じゃないか！」

言うまでもなく、今度のひと言も非常に受けが悪かった。

「ひどいわ！」と、トライフルさん。

「**やつをつかまえろ！**」と、陸軍少佐《しょうさ》。

「**突撃《とつげき》！**」

海軍少将がそうさけんだとたん、お年よりはいっせいに立ちあがり、牧師と手下たちにむかって突進《とっしん》した。

「警察《けいさつ》に任せてください！」

ボーン刑事《けいじ》がどなったが、〈**たそがれホーム**〉の元入居者たちに耳をかたむける気はなかった。復讐《ふくしゅう》だ！　悪党《あくとう》どもが逃《に》げだすと、お年より軍団はあとを追いかけた。つえ、ハンドバッグ、老人用歩行器……なんだって武器になる。トライフルさんは、分厚い聖歌集で牧師を思いきりなぐりつけた。陸軍少佐《しょうさ》が聖堂番、もといブラッサム看護《かんご》師をすみへ追いつめ、聖書朗読台でおさえこむ。海軍少将はローズとデイジーをヘッドロックでかかえこみ、バンティング中佐《ちゅうさ》のかつての空軍仲間がずらりとならんで、信徒がすわるいすのクッションで順番にたたいていった。

ジャックのクラスメイトは声をそろえて声援《せいえん》を送った。

元兵士たちの軍団を前に、ギャングたちはなすすべもなかった。

ラジが言った。

「これからはもっと教会にこよう。こんなにおもしろいところだったとは、知らなかったよ！」

66 さようなら

ジャックのパパとママは教会でくりひろげられているさわぎをぼうぜんとながめていたけれど、それから息子のほうをむいて言った。

「ジャックの言ったこと、信じてあげられなくてごめんなさい」ママが言った。

「あんなふうに悪党《あくとう》と対決するなんて、勇敢《ゆうかん》だったな。おじいちゃんもきっとほこりに思ったと思うぞ」

それをきいて、ジャックは同時に笑って泣きたくなった。だから、笑って、泣いた。息子の涙《なみだ》を見て、ママはぐっとだきしめた。〈スティンキング・ビショップ〉(涙《なみだ》が出るほどツンとしたくさいにおいのチーズなんだ)の強烈《きょうれつ》な香《かお》りが鼻をついたけど、それでもやっぱりママのうでの中は心地よかった。

パパはジャックとママにうでを回した。その瞬間《しゅんかん》、すべてがうまくいくと感じられた。重量級ギャング対高齢《こうれい》級元兵士の戦いは、今や教会の墓地にまであふれだしていた。ジャックのクラスメイトたちも大興奮《こうふん》してあとを追い、二人の刑事《けいじ》がなんとか法と秩序《ちつじょ》をとりもどそうとしても、もはやむだだった。

「うちに帰って、チーズサンドイッチを作らなきゃ。礼拝《れいはい》のあとは、みなさん、うちにいらっしゃる予定だから」

ママが言うと、パパもうなずいた。

「そうだな。この調子じゃ、ご老人たちははらペコになるだろう。さあ、帰ろう、ジャック」

「先に帰ってて。もう少しだけ、ひとりでここにいたいんだ」

「そうね、わかるわ」ママは言った。

「それがいい」パパも言って、妻の手をとると、いっしょに教会を出ていった。

今では、教会はすっかり空っぽで、残っているのはジャックとラジだけだった。ラジは、ポンとジャックの肩《かた》に手を置いた。

「すごい冒険《ぼうけん》をしたんだな、パンティーグぼっちゃん」

「うん。おじいちゃんがいなかったら、できなかったよ」

ラジはにっこり笑って言った。

「ジャックがいなかったら、おじいさんだって冒険《ぼうけん》はできなかったさ。しばらく二人きりにしてあげよう。最後のお別れを言っておきたいだろうからね」

「ありがとう。そうするよ」

ラジはその言葉どおり、おじいちゃんの棺《ひつぎ》のもとにジャックを残して、教会を出ていった。

ジャックは木の棺《ひつぎ》と旗《はた》を見て、最後の敬礼《けいれい》をした。

「さようなら、中佐《ちゅうさ》ど……」それから、言い直した。

「さようなら、おじいちゃん」

エピローグ

その夜、ジャックはベッドの中でうつらうつらしていた。部屋がだんだんとうすれていき、代わりに夢の世界が立ちあがってきた。

すると、まどの外のはるかかなたから、音がきこえた。飛行機が高い空を飛んでいる音だ。ジャックは目をあけて、二段ベッドの上の段からすべりおりた。そして、となりの部屋で寝《ね》ているパパとママを起こさないように、そっと窓辺《まどべ》までいって、そろそろとカーテンをあけた。銀色の月の前に、まぎれもないスピットファイアーの影《かげ》が浮《う》かびあがった。

スピットファイアーはさあーっと急降下して、くるりと回転し、機体をぐっとかたむけた。

そう、スピットファイアーは空中でおどっていた。操縦《そうじゅう》席にいるのは、もちろん決まっている。

「おじいちゃん!?」

戦闘機《せんとうき》はものすごい勢いで急降下してきて、ジャックの部屋のまどをかすめた。操縦《そうじゅう》かんをにぎっているのは、バンティング空軍中佐《ちゅうさ》だった。戦闘機《せんとうき》は機体を光らせながら矢のように通りすぎていった。そのとき、ジャックは世にもふしぎなことに気づいた。おじいちゃんは、まくら元の写真のおじいちゃんとそっくりだったのだ。一九四〇年、若いパイロットとして、バトル・オブ・ブリテンで戦っていたときのおじいちゃんと。おじいちゃんは若者にもどったのだ。スピットファイアーの起こす旋風《せんぷう》で、ジャックの模型《もけい》飛行機がふるえた。ジャックは、スピットファイアーが暗い空へ舞《ま》いあがっていくのを見つめた。やがて、戦闘機《せんとうき》は夜空に消えた。

そのことを、ジャックはだれにも言わなかった。どうせだれも信じないだろうから。

次の日の夜、ジャックは胸《むね》をどきどきさせながらベッドにもぐりこんだ。またおじいちゃんに会えるだろうか？　目をとじて、せいいっぱい集中する。するとふたたび、うつらうつらしかけたときに、スピットファイアーのとどろくようなエンジン音がきこえてきた。そしてまた、スピットファイアーはジャックの部屋のまどをかすめて飛んでいった。

また次の夜も、その次の夜も。毎晩のように、スピットファイアーはやってきた。おじいちゃんの言うとおりだ、ジャックがおじいちゃんのことを愛しているかぎり、おじいちゃんは生きつづけるのだ。

今ではジャックもすっかり大人になって、小さな息子もいる。息子がわかる年ごろになるとすぐに、ジャックはおじいちゃんとの冒険《ぼうけん》の数々を話してきかせた。寝《ね》る時間になると、息子は毎回、お話をせがんだ。〈**たそがれホーム**〉からの決死の脱出《だっしゅつ》、戦闘機《せんとうき》を盗《ぬす》みだしたこと、パラシュートでバッキンガム宮殿《きゅうでん》におりたこと。そして、息子がうとうとねむりにつくと、夜空にスピットファイアーが現われる。毎晩毎晩、スピットファイアーはジャックの部屋のまどをかすめて、星空へ飛び去っていく。

高く、高く、そしてかなたへ。

用語集

一九四〇年代

一九四〇年代は、ひと言で言って、第二次世界大戦とその後遺症《こういしょう》の時代だ。イギリス国民にとって、大きな変化と混乱《こんらん》の十年だった。何百万という兵士がイギリス軍に入隊して戦い、故国に残った人々は、戦争に協力するため、新しい基準や生活になれなければならなかった。全国民が国家に役立つため「本分をつくすこと」を求められ、「新しいものを買わずに古いものを修理して使う」ことを奨励《しょうれい》された。つまり、服や家具をすてずに再利用したり修理したりするということだ。一九四五年に戦争が終わったあとも、すぐには元にもどらなかった。衣料品の配給は一九四九年までつづき、国家は戦時中に積みあがった借金で破産寸前となり、生活状況《じょうきょう》はまずしかった。

第二次世界大戦

第二次世界大戦は一九三九年から一九四五年までつづいた。戦いは枢軸国《すうじくこく》（ドイツ、イタリア、日本）と連合国（イギリス、フランス、アメリカ、カナダ、インド、中国、ソ連）のあいだで行われた。おもしろいのは、最初ソ連（ロシアが大部分を占《し》める）は枢軸国《すうじくこく》側だったことだ。戦争は一九三九年、ドイツ軍が不法にポーランドへ侵攻《しんこう》したことではじまった。イギリスとフランスは、ポーランドを守ると約束していた。イギリスでは、戦争のせいでごくふつうの人たちの生活ががらりと変わってしまった。二百万人以上の子どもたちが、ドイツ軍の空爆《くうばく》から逃《のが》れるために都市部から地方に疎開《そかい》し、たくさんの家庭がばらばらになった。人々は戦争協力のために仕事ができなくなり、食料をはじめ多くの品物が足りなくなった。枢軸国《すうじくこく》に侵略《しんりゃく》された国々には、徹底的《てっていてき》な破壊《はかい》がもたらされた。Dデイとして知られる一九四四年六月六日、連合国軍は、フランスをドイツ占領《せんりょう》下《か》から解放するためにノルマンディに上陸した。上陸後、兵士たちは戦いながらドイツまで進軍、ついに一九四五年五月、ヨーロッパでの戦争は終わった。太平洋での日本軍との戦いは八月までつづいた。そして、一九四五年九月二日、連合国軍は正式に勝利を宣言《せんげん》し、第二次世界大戦は終結した。

ウィンストン・チャーチル

ウィンストン・チャーチルは、イギリス史上もっとも世に知られた政治家だろう。第二次世界大戦中に首相をつとめた。学校をさえない成績で卒業したあと、軍に入隊し、非常勤《ひじょうきん》のジャーナリストとしても活動、その後、政界に入る。彼《かれ》の軍事指導力は、後の連合軍の勝利の決め手となった。ラジオで流れた彼《かれ》のスピーチは、イギリス国民の感情をかき立て、士気を保つのに大きく貢献《こうけん》した。一九六五年に九十歳《さい》で亡《な》くなり、女王による国葬《こくそう》という栄誉《えいよ》を得た。

アドルフ・ヒトラー

アドルフ・ヒトラーは、国家社会主義ドイツ労働者党《とう》、すなわちナチスの党首《とうしゅ》であり、一九三三年にドイツ国首相に就任《しゅうにん》。その後すぐさま改革《かいかく》を行い、すべての権限《けんげん》をにぎって、自分に反対する人たちをみな追いだした。ドイツ国民は絶対的に優《すぐ》れた国民であると信じており、最終的に何百万人ものユダヤ人やジプシー【注:ヨーロッパの移動型民族。ロマ族】、そのほかのマイノリティーの人々の大量殺りくを命令、これはホロコーストと言われ、今でも人類史上もっともおそろしい出来事のひとつだ。一九四五年にソ連軍がベルリンに侵攻《しんこう》をはじめ、追いつめられたヒトラーは拳銃《けんじゅう》自殺した。

ゲシュタポ

一九三三年に発足したゲシュタポは、ヨーロッパでおそれられたドイツの秘密警察《ひみつけいさつ》の呼《よ》び名だ。ゲシュタポの目的は、ヒトラー政権《せいけん》の敵《てき》を見つけて逮捕《たいほ》することであり、メンバーには自分たちの意思で人々を拘束《こうそく》し、自白させる権限《けんげん》が与《あた》えられていた。そのため、冷酷《れいこく》非情な組織として名をはせた。

配給

食料の配給制がイギリスに導入されたのは、一九四〇年一月だ。戦時中、全国民に食べ物がいきわたるようにするのが、目的だった。特定の食料を買うときは、お金といっしょに配給切符《きっぷ》が必要だったため、わりあて分より多く買うことはできなかった。一九四〇年時点での配給食糧《しょくりょう》には、さとう、肉、紅《こう》茶《ちゃ》、バター、ベーコン、チーズなどがある。その後、さらに品目は増えた。果物と野菜は配給制にはならなかったが、手に入れるのがむずかしく、政府は家庭栽培《さいばい》を奨励《しょうれい》した。ほかにも、ガソリン、石けん、衣類なども配給制だった。

コルディッツ収容所《しゅうようじょ》

ドイツのコルディッツ城《じょう》は、第二次世界大戦中、戦争捕虜収容所《ほりょしゅうようじょ》としてナチスが使用した。「脱走《だっそう》不可能な要塞《ようさい》」と考えられていたが、実際は、多くの人々が脱走《だっそう》をこころみ、さまざまな奇抜《きばつ》な計画が生みだされた。合かぎを作る、下水道に逃《に》げこむ、ニセの身分証明書を作成する、中にはマットレスの中に脱走者《だっそうしゃ》をぬいこむ、などというものまであった。ほとんどは失敗に終わったが、約三十人ほどが成功したという。

アシカ作戦

一九四〇年六月、ドイツ軍のフランス侵攻《しんこう》後、ヒトラーは戦艦《せんかん》によるイギリス侵略《しんりゃく》を命令していた。この計画の暗号名《コードネーム》が「アシカ作戦」。ドイツ軍は作戦成功には、まずイギリス上空の制空権《せいくうけん》【注：ある空域《くういき》で敵《てき》に妨害《ぼうがい》されずに作戦行動を可能とすること】をにぎり、イギリス空軍から攻撃《こうげき》される危険《きけん》を取りはらうことが必要だとわかっていた。その結果、イギリス空軍とドイツ空軍のバトル・オブ・ブリテンが行われた。

バトル・オブ・ブリテンとロンドン大空襲《ザ・ブリッツ》

バトル・オブ・ブリテンは一九四〇年の夏にはじまった。ルフトヴァッフェとよばれるドイツ空軍はイギリスへの空爆《くうばく》を開始、ドーバー海峡沿岸《かいきょうえんがん》の港や航空基地を攻撃《こうげき》し、防衛力を壊滅《かいめつ》させ、攻撃《こうげき》を防ぐことができないようにするのが目的だった。戦いは、ルフトヴァッフェとイギリス空軍《RAF》の力関係をはかるものとなった。ドイツ軍のほうが、多くの戦闘機《せんとうき》およびパイロットを保有していたが、イギリス軍は非常に優《すぐ》れた通信システムを持っており、それがイギリス空軍の優位《ゆうい》につながった。

八月下旬《げじゅん》にルフトヴァッフェは、イギリス空軍は限界点にあると誤解《ごかい》し、空爆《くうばく》の目標をロンドンを初めとしたイギリスの都市部に変更《へんこう》した。この期間は、「ザ・ブリッツ」とよばれている。連続五十七日間の夜間空襲《くうしゅう》からはじまり、何千人もの人々が地下鉄の駅構内や防空壕《ぼうくうごう》に避難《ひなん》することになった。ザ・ブリッツは大きな損害《そんがい》をもたらしたが、一方で、イギリス空軍の防衛力回復の時間を与《あた》えることにもなった。

九月十五日、ルフトヴァッフェはイギリス空軍により大きな損害《そんがい》をこうむった。ドイツ空軍はねらいをはたせず、その後すぐにアシカ作戦も断念された。イギリスは、この戦争で最初の大勝利を収《おさ》めた。バトル・オブ・ブリテンで戦ったパイロットたちは、今でも英雄《えいゆう》としてほめたたえられている。もし彼《かれ》らが負けていたら、おそらくイギリスはナチスに占領《せんりょう》されていただろう。

イギリス空軍《RAF》

イギリス空軍は、一九一八年に設立された。第二次世界大戦で連合国が勝利するのに極めて重要な役《やく》割《わり》をはたした。もっとも有名な軍事作戦は、バトル・オブ・ブリテンだ。一九四〇年のイギリス空軍のパイロットの平均年齢《ねんれい》は、わずか二十歳《さい》だったという。

ルフトヴァッフェ

ルフトヴァッフェは、ドイツ空軍の名前だ。一九四〇年の夏には、世界最大の空軍になっていた。バトル・オブ・ブリテンに参加したドイツ軍パイロットは経験豊富で、勝利を確信していた。ドイツの第二次世界大戦の敗戦後、一九四六年に解体された。

WAAF《ワーフ》

ＷＡＡＦは、空軍婦人補助《ほじょ》部隊のことで、第二次世界大戦中にイギリス空軍の一部として編成された。メンバーは全員女性で、ピーク時には十八万名のメンバーがいた。ＷＡＡＦのメンバーもＷＡＡＦとよばれ、実戦には参加しなかったが、航空機レーダーの監視《かんし》や阻塞《そさい》気球【注：航空機の進路妨害《ぼうがい》目的で設置される気球】の設置、暗号解読といった重要な任務についた。ＷＡＡＦは、バトル・オブ・ブリテンをふくむ作戦の計画に大きく貢献《こうけん》した。

チャー・ワラ

インドに駐留《ちゅうりゅう》しているイギリス軍が、お茶を出す仕事をする現地の人々をよぶのに使った言葉。ヒンディー語で「ワラ」というのは、特定の仕事を行う人のことを指し、「チャイ」はお茶のことだ。しかし、英語圏《けん》の人々には「チャー」ときこえたため、彼《かれ》らは「チャー・ワラ」とよばれるようになった。

ハリケーン

第二次世界大戦でドイツ軍に勝利を収《おさ》めるにあたり、重要な役割《やくわり》をはたした戦闘機《せんとうき》。戦闘機《せんとうき》の中でも耐久力《たいきゅうりょく》（持ちこたえられる力）に優《すぐ》れていたが、スピットファイアーのような速さと優《すぐ》れた操作《そうさ》性はなかった。戦後、戦闘機《せんとうき》としての任務を終えた。

メッサーシュミット

バトル・オブ・ブリテンでルフトヴァッフェが主に使用した戦闘機《せんとうき》メッサーシュミットBf109。メッサーシュミットはイギリスの戦闘機《せんとうき》よりもはるかに速く、ダイブ性能（急降下）に優《すぐ》れていた。しかし、航続距離《きょり》【注：飛行できる距離《きょり》】が短く（三十分程度）、多くの燃料を必要とした。これは、戦いにおいて、非常に不利に働いた。

スピットファイアー

スピットファイアーは一九三〇年代に設計されたイギリスの戦闘機《せんとうき》。非常に優《すぐ》れた設計で、戦況《せんきょう》に応じて機能を向上させることが可能だった。その高い適応能力と速度と射撃《しゃげき》能力によって、成功を収《おさ》めた。単葉単座《たんようたんざ》戦闘機《せんとうき》【注：主翼《しゅよく》が一枚で、ひとり乗り】で、機首（前の部分）が大きい。一九五四年まで、戦闘機《せんとうき》として使用された。今でも、伝説的なイギリスの戦闘機《せんとうき》としての地位を守りつづけている。

おじいちゃんの大脱走

2018年12月12日　初版第1刷発行

作　デイヴィッド・ウォリアムズ

訳　三辺律子

絵　平澤朋子

発行者　野村敦司

発行所　株式会社小学館

〒101-8001

東京都千代田区一ツ橋2-3-1

電話　編集　03-3230-5416

販売　03-5281-3555

印刷所　萩原印刷株式会社

製本所　株式会社若林製本工場

ISBN978-4-09-290617-4

ブックデザイン／岡孝治＋鈴木美緒

制作／直居裕子　資材／斉藤陽子　販売／窪康男　宣伝／綾部千恵

編集／喜入今日子

スピットファイアーにのった
ウォリアムズ

Photos from 2015